チャーチ・レディの秘密の生活

The Secret Lives of Church Ladies

テイラーとペイトン、
そして自由になろうとしているすべての人たちへ。

THE SECRET LIVES OF
CHURCH LADIES

by Deesha Philyaw

チャーチ・レディの
秘密の生活

はっきり言っておきましょう　私は堕落したわけじゃない
自由へと
飛び立ったのだ

——Ansel Elkins, "Autobiography of Eve"

目　次

凡例　〔 〕は訳注　聖書からの引用は聖書協会共同訳に基づく

カバー作品／今井麗　FRUITS　2021年
Oil on canvas　24.2 × 33.3
Collection of Marc Selwyn, Los Angeles
Courtesy of Nonaka-Hill

装丁・本文レイアウト／岡本歌織（next door design）

ユーラ

EULA

ユーラはふたつ向こうの街、クラークスビルのスイートルームを予約する。私は食べ物を持って行く。今年は自分用に寿司、彼女には冷肉《コールドカット》やチーズの盛り合わせとポテトサラダ。ごく軽い、小腹を満たす程度のもの。それからシャンパンも。毎年思っていることだけれど、今年が最後になるかもしれないから、私はアンドレ・スプマンテを三本持って行く。

クラッカーに笛、2000をかたどったメガネも買った。レンズが真ん中のゼロふたつになっている。二〇〇〇年問題のせいで、司会者のディック・クラークがタイムズスクエアでカウントダウンをした一秒後に、世界が真っ暗になるかもしれない。それでも私は構わない。アンドレのワインは、暗闇の中でも美味しく飲めるのだから。

部屋で落ち着いたところで、ユーラはポテトサラダとコールドカットに手をつける。彼女は食べ物にうるさい。というか、たいていのものにこだわりが強い。好みがはっきりしている。ユーラも私も教師だから、いつも細部に気を配っているけれど、彼女は私よりも細かい。それでも、これがスーパー《パブリックス》で買ったポテトサラダだということには気づいていない。私は刻んだゆで卵にマスタード、ピクルス、パプリカを加えて、赤いタッパーに入れただけだ。彼女はお代わりをして、お腹をさすりながら、料理の腕を上げたね、なんて私に言っている。

食事を終えて、アンドレを一本飲み干すと、私はシャワーからお湯を出す。二人とも熱いシャワーが好きだ。この熱で私はリラックスするけれど、ユーラには別の効果があるみたい。私が出た後も、彼女はずっとシャワーを浴びている。湯気の立ち込めるシャワーのドア越しに、ピンクのシャワーキャップが見える。彼女は頭を下げていて、神の祝福を待ち続けながら、神の御心から外れてしまったことへの赦しを求めているのだろうか、と私は思う。

*

一〇年前、ユーラと私が三〇歳になった時、私たちは人生の半分を親友として過ごしていた。出会ったのは一〇年生の頃、英語の上級クラス。黒人の女子は、私たちだけだった。ユーラはその年にノースカロライナ州から引っ越してきた転校生だった。彼女は友人を求めていたし、それは私も同じだった。二人とも妄想ばかりしていて、数学のノートの余白に、ハワイで一緒に結婚式を挙げる計画を立てていた。夫は自分たちの父と同じ鉄道員。二人とも高校で教鞭を執り、教会の婦人会に入り、隣近所に住む。子ども同士も一緒に遊ぶ。

でも、三〇歳の誕生日を迎えても、高校で教鞭を執り、婦人会で活動している以外に、私たちの妄想は実現していなかった。ユーラの誕生日を彼女のアパートで祝い、私たちはワインクーラーを飲みすぎた。彼女が私の膝の上に寝ころぶと、スカートは腰までめくれ上がっていた。白い綿のパンティが、茶色い太ももから覗いていた。彼女はバニラの香りがした。

「爆発しちゃいそうなんて思うこと、ある？」と彼女は尋ねた。私の顔にかかった彼女の息は果実のように甘く、熱を帯びていた。

正直に答えたらユーラが逃げ出すかもしれないと、私は黙っていた。それでも私の答えなどお構いなしに彼女は話し続け、誰にも触られたことがないから、あそこを触ってほしいと私にせがんできた。ずっと良い娘でいたから、と彼女は言った。でも、そんなことはとっくに分かっていた。一〇代の頃のユーラは、私のように両親の意に反して秘密めいた行動を取り、粗暴な少年たちに興味をそそられ、そして失望させられることなどなかった。大人になっても、私のように名前を覚える価値すらない男たちと短い逢瀬を楽しむこともなかった。聖書の中のルツのように、ユーラは熱心に祈り続け、ボアズを待っていた。

ユーラは、神を心から信じている。私のように、喉の奥に疑問を絡ませたまま生きてはいない。しかしその夜、彼女は私の指をその白い綿のパンティの中に滑り込ませ、ボアズのことなど綺麗に忘れた。私たちは汗びっしょりになりながら夜を明かした。その日の朝、ユーラは沈黙とコーヒーで後悔の念を抑えつけた。

それから一か月ほどが経った大晦日、クラークスビルのスイートルームを予約したとユーラから電話があった。私はピザ・ビアンカと、アスティ・スプマンテを三本持って行った。

＊

翌年のユーラの誕生日には、私の家で特別なディナーを用意した。エイブリー・アベニューの魚市場に行って、彼女の大好物だったガンボの材料を取り揃えた。ユーラはグランマ・ポーリーンのレシピのガンボがお気に入りだったけれど、オクラ抜きのほうが好きだったから、私もその通りに作った。冷蔵庫で一日寝かせたほうが美味しい、とグランマがいつも言っていたから、私はユーラの誕生日の前夜にガンボを作った。

ルーをかき混ぜていると（忍耐力が必要だから、ガンボ作りで一番苦手な工程だ）、ディナーを延期したいとユーラから電話がかかってきた。独身者向けの聖書の勉強会で知り合い、付き合ってようやく半年になる弁護士のリースが、サプライズでバースデー・デートに誘ってくれたという。彼女は早口でまくし立てた——ネエキャロレッタワタシカレニプロポーズサレルカモ——私はただ、ルーをかき混ぜ続けていた。

「分かってくれるよね？」とユーラは尋ねた。「もちろん」。傷ついた苦々しい思いがこみ上げてきたけれど、私はユーラが聞きたい言葉を考えようとした。でも、何も思いつかなかった。こちらの沈黙をよそにユーラは喋り続け、リースはどうやって私の指のサイズを推測したんだろう、プロポーズされたらどうやって驚いたふりをすればいいだろう、なんて言っていた。

結局、ユーラもリースもその夜、サプライズを受けた。屋上のレストランでのロマンティックなディナー（本来のサプライズ）は、別居中だったリースの妻によって中断されたのだ。

その後、ユーラから電話で事の顛末を聞かされた時、彼女の怒りは電話口から飛び出さんばかりだった。私はベッドに座り、二杯目のガンボ――オクラ入り――を食べながら話を聞いていた。隣では、誰かの夫が軽くいびきをかいていた。

リースの後にも、ユーラには交際寸前までいった男性がいた。それでも彼女は、年上すぎる、年下すぎると言っては、彼らを退けた。貧乏すぎる、頭が悪すぎると。甘い言葉やプレッシャーで肉体関係に持ち込めないことが分かると、男性のほうが彼女を捨てることもあった。今ではリースのような男性の数はどんどん減っていき、年を追うごとに出会う男性はボアズのような理想からはますます遠くなっていた。

ユーラが男性の欠点を見つけるのは、内心では誰とも付き合いたくないからで、ただ世間の期待に沿って男性を探しているだけなのではないか、と思うことがある。

でも、ユーラと私がこの手の話題について論じ合うことはない。

*

シャワーの後、ユーラは白いTシャツと白い綿のパンティを身に着ける。キングサイズのベッドに仰向けで寝ころび、糊のきいたシーツにふっくらとした枕、雲のように柔らかい羽毛布団の上に浮かんでいる。髪はピンクのシルク・スカーフで巻かれている。彼女は二本目のアンドレを深く傾け、ボトルから思い切り直飲みする。

「飲む？」と彼女はボトルを私に差し出す。私はベッドの足元から這うようにして彼女に向かう。

隣に並ぶと、彼女はボトルを私の口元まで持ち上げ、私のナイトガウンの前身頃にシャンパンを注いで笑う。「拭いてあげる」と彼女は言うと、ボトルをナイトテーブルの上に置き、私を枕に押し倒す。彼女は私にまたがり、私のナイトガウンを脱がせ、シャンパンがかかった箇所を舐める。

*

一時間ほど経って、私は酔いを引きずったまま、目を覚ます。ユーラは起きていて、三本目のアンドレを飲んでいる。テレビの音は消されていたけれど、去年の初めにヒットを飛ばしたカラフルな髪の白人の少女が出ていて、ディック・クラークに紹介されているのは分かる。その娘の名前は思い出せないし、別に思い出す必要もない。彼女は踊れないし、歌も下手だ。「新年の抱負があるの」とユーラは目を閉じたまま言う。「もしバレンタインデーが来てもまだ独り身だったら、次のバレンタインデーまでに必ず真剣な交際相手を見つけてみせる」

「かなり大きな抱負だね」と私は言い、ボトルに手を伸ばす。独り身という彼女の言葉がちくりと胸に刺さり、いつものように軽く聞き流せない。「どうするつもり?」

「牧師が言うように、神は駐まっている車を動かすことはできない。私も誰かに出会えるように行動して、夫を迎えられるように準備しておかなくちゃ」

「つまり?」

「そもそも、聖書の勉強会をずっとサボってたの。信心深い男性を望むなら、そういう場所に行かなくちゃいけないのに」

「でも、リースと知り合ったのも、聖書の勉強会じゃ……」

ユーラは苛立った表情を浮かべる。「それから、家の模様替えもするつもり」と彼女は続ける。

「今のままだと、男性が入る余地がないから。夫のためのスペースを作りたい」

「風水みたいなものだね」

「風……え？」

「何でもない」。ユーラが伴侶探しの活動に勤しむあいだ、私は何をしているんだろう？　既婚男性と不定期に遊ぶ？　来年の大晦日をユーラなしで過ごす？　私も変化を望んでいるけれど、何の計画もない。

「それから、教会の独身者向けソフトボール・チームに入るつもり」とユーラは言う。

「スポーツなんて好きじゃないくせに」と私は笑って突っ込む。「好きに笑えばいいよ」とユーラは背中の下に敷いた枕の位置を直す。「でも、キャロレッタも入ったほうがいいと思う。心の拠り所になるパートナー、欲しくないの？　人生の伴侶、要らないの？　幸せになりたくないの？」

私はユーラを見る。その巻き毛は、私の股のあいだで過ごした時間のせいで湿り、乱れている。彼女の質問について考えていると、私の中で残酷かつ惨めな思いが掻き立てられ、溢れ出しそうになる。私の幸せを理解して、考えてるなんて、どういう風の吹き回し？　気にかけてくれたことなんて、あった？

「私は幸せだよ」。私は強がって、声を絞り出した。「今。ここで。あなたといる。今夜だけにとどめておく必要もないし。私たち――」

「キャロレッタ、夫探しを諦めないで。私は絶対に見つけてみせる。一緒に頑張ろうよ」。ユーラは抑揚のない声で言う、世界一疲れた販売員《セールスレディ》みたいに。彼女は私から離れてベッドの端に寄り、テレビを見ている。

「ユーラ、こっちを向いて。お願い」

ユーラは首を振る。「処女のまま死にたくないの。ねえ、処女のまま死にたい？」とテレビに向かって言う。

返事をするのが、一拍遅かったようだ。

ユーラは勢いよく振り返り、私のほうを向く。「え……違うの？」

どちらが可笑しいのか分からない。四〇歳にもなる私が今まで男と一度もセックスしたことがないと、ユーラが思っていることか。一緒にあれこれ散々楽しんでおいて、二人とも処女だと、ユーラが考えていることか。

「ユーラ」

「え、汚らわしい男と？」ユーラは手で口を押えた。その瞬間、日曜学校のユーラ先生が、生物学を教えるユーラ先生を乗っ取った。「綺麗《クリーン》な身体、じゃないの？」

「ユーラ！」

ユーラは服を摑んで部屋を飛び出すだろう。そう思ったけれど、彼女は出ていかない。ただベッドに座り、嗚咽で身体を震わせている。「こんなはずじゃなかったのに」と何度も言いながら泣きじゃくる。こんなが何なのか、私には分からない。私の男性経験のこと？　私と彼女の関係のこと？　それとも、人生全般のこと？

「ユーラ、どんなはずだったの？」

彼女は振り向いて、私を見つめる。「幸せになりたいだけ」と、彼女はむせび泣く。「普通になりたいだけだよ」

二人の心の距離を縮めたい。彼女を抱き寄せて、その涙が止まるまで優しくなだめながら、すべてうまく行くからねと言ってあげたいけれど、そんなことはできない。私はすべてをうまく行かせることなどできない、彼女が望むような形では。

「ユーラ、普通って、誰の基準で？　何千年も前に死んだ男たち？　奴隷制を容認して、女性を所有物みたいに扱っていたあいつら？」

「聖書は誤りなき神の言葉だよ」とユーラは呟く。囁き声に最大限の反抗心を込めながら。

「聖書を書いた男たちの言葉を、後の時代の男たちが解釈して、それを信じてるだけでしょ。人じゃなくて神を信じろって言われてるのに。あなたであれ誰であれ、何十年も人肌を知らないまま生きることを、神が望んでいると思う？　一生ずっと？　シスター・スチュワート、シスター・ウィルソン、シスター・ヒル、夫と死に別れた後の私の母みたいに――教会にいる女性たちは、神を喜ばせることと、もっとも親密な方法で抱かれて愛されるっていう、人間としてのごく当たり前な欲求のどちらかを選ばなきゃいけないって考えてる。でも、もし神が人間の姿になっていたとしたら――」

「もし？」ユーラは吐き捨てるように言った。

「――それなら神は、どうしてそんなにも辛い決断を強いるようなルールを作ったの？」

「私は神を疑わない」

「でも、このバージョンの神を教えた人たちのことは疑うべきかもよ。それで苦しめられてるんだから」

ユーラは目を細めて私を睨む。「あなたがそんな人だとは思わなかった」

「あなただって、自分が思っていたような人じゃないよ」

*

テレビでは、タイムズスクエアの群衆が大興奮している。もうすぐカウントダウン。ユーラと私は二〇〇〇年のメガネだけを身に着けて、ベッドに寝ころんでいる。クラッカーと笛はバッグの中に入ったままだ。

「いつかタイムズスクエアで新年を迎えたいな」とユーラは言うけれど、アンドレのせいで呂律が回っていない。

「私と一緒に？　来年はここに来ないで、行ってみようか」

ユーラは答えない。

「オーストラリアのシドニーが、最初に新年を迎えました」。ディック・クラークは、マッドハッターのような紫色のベルベット帽を被った白人女性に話しかける。「他の国も停電やコンピューターの不具合なく新年を祝いました。二〇〇〇年問題で、みんな大げさに騒ぎすぎたと思いますか？」

「怖いよ、キャロレッタ」

「うんうん」

ユーラが囁き始める。彼女の言葉を聞き取ろうと、私は身を乗り出し、それが祈りであることに気づく。

彼女がアーメンと言うと、私は起き上がってベッドの端に向かい、ひざまずく。ユーラの足の爪は、スカーフと同じピンクに塗られている。私は彼女の足首に手を伸ばし、自分のほうへと引き寄せる。彼女はお尻でもぞもぞと動きながら端までやって来る。ベッドの上で私の両脇に足を投げ出す。私は彼女の膝を開き、太腿の内側をそっと押していく。彼女が開くまで、祭壇のように。

一〇――九――八……

私は舌を激しく動かし、異音を話している。

四――三――二……

ユーラはユーラ、私は私の祈りを捧げる。

ノット＝ダニエル
――ダニエルではない男

NOT-DANIEL

私はホスピス・センターの裏の物陰に車を駐め、そして待った。膝にはコンドームの箱、マグナムXL。一六歳に戻った気分だけれど、当時と違うのは、男の子まかせにせず自分でコンドームを買ったこと。それから、相手は男の子ではなく成人で、二週間前にホスピス・センターの正面玄関ですれちがい、中学時代の知り合いだと勘違いした男だ。私は建物に入るところ、彼は出るところだった。ダニエル・マクマリーだと思い、つい見つめてしまうと、彼も見つめ返してきた。その日の夕方、母の向かいの部屋から出てきた彼に再び出くわした。彼の母親は乳がん、私の母は卵巣がんだった。

私は電話を確認した。一〇時二七分。ウォルマートに行き、絶妙のタイミングでコンドームを買っていた。ノット＝ダニエルは、あと三分で下りてくる。夜勤のナース・アイリーに怪しまれないよう、私たちは同時に部屋を出入りしなかった。彼女の名前はアイリーではないけれど、ジャマイカ人だから〔「アイリー」はジャマイカの言葉で「最高」「いい感じ」〕陰ではそう呼んでいる。彼女は蛇のように意地悪だった。あのぞんざいな態度はホスピスよりも遺体安置所向きではないかと、私もセンター長に苦情を言ったほどだ。それでも、ナース・アイリーはノット＝ダニエルを気に入っていた。彼から母親のケアについて質問されても、不愛想に接することはなかった。ある夜遅くに、彼が脚を露わにしたランニングパンツでフロアを歩いていると、「ちょっと、そんなちっちゃなパンツでウロウロしてたら、誰かにちょっかい出されて、全身を拭かれちゃうわよ」と冗談まで言われたという。

ナース・アイリーの目は節穴じゃない。ノット゠ダニエルと私の関係を察するかもしれない……って、どんな関係？　お互いの母親がホスピスの隣人で、終わりのない眠れぬ夜を過ごし、保険会社や債権者、銀行や牧師、親戚や友人（いずれも善意の人もいれば、そうでない人もいる）と一日中話している二人の関係を、何と呼ぶのだろう？　孝行息子の彼は、孝行娘の私と同じ境遇にあった。家族の問題や危機の対処役で、メイドで、運転手で、セラピストで、キャリア・アドバイザーで、ＡＴＭ。舞台の袖に控えながらも、いつ登場するか分からない俳優のような「死」という存在を、受け入れながらも恐れている。そんな自分と似た誰かが、ここにいる。

その誰かが結婚指輪をしていても、妻の名前を口にしない場合、この関係を何と呼ぶ？　隣の州には妻と二人の子ども。聞かざる、言わざる。

一〇時半きっかりに、ノット゠ダニエルが助手席の窓を叩いた。しばらくのあいだ、私たちはいつものように黙っていた。私が泣くこともあれば、彼が泣くこともあった。お互いの母親が信じるキリストや、機械的に仕事をする看護師、空虚な励ましの言葉、慰めを装った神の意志に関するゴミのような説教から離れ、ここでなら泣くことができたから。それからようやく、どちらかが口を開くのだった。

でも今夜は……どうやって始めればいい？　前夜の続きから？　葬儀や身勝手なきょうだいに

ついてのとりとめのない会話が、突然のキスになり、私のTシャツが脱がされ、私の乳首がノット＝ダニエルの口に含まれた。

私たちは、こうして始まった。ノット＝ダニエルは私からコンドームの箱を受け取り、ひとつ取り出すと、ダッシュボードの上、私の電話の横に箱を置いた。それから彼は、ダッシュボードに電話を置いた。彼の着信音のボリュームは、私と同じく最大になっているはずだ。急を知らせる電話がいつかかって来てもおかしくないのだから。それから彼は私の顔を両手で包み込み、私を見つめた。私は目を伏せた。

「なあ」と彼は言った。「ここに……君のすべてを傾けてくれ。ここに」

視線を上げて彼と目を合わせると、岩を押し上げるシーシュポスのような気分になった。彼の瞳の中には、「つまこどもしにゆくはは（妻・こども・死にゆく母）」が映っていた。視界がはっきりするまで、私はまばたきを繰り返した。

後部座席で、ノット＝ダニエルは私の服を脱がせ、自分の服を脱ぎ、私の脚のあいだに顔を埋めた。私は頭上に手を伸ばし、背後のドアを摑み、何度も何度も、いきながら泣いた。

ノット＝ダニエルがコンドームをつけ、私を膝立ちさせた頃には、私の脚はだらりとして、役に立たなくなっていた。彼は私に背を向けさせると、手のひらを私の腰の真ん中に押し当て、私を前に押し出した。そして私の身体にのしかかり、中に入って来た。彼は荒っぽかったけれど、乱暴ではなかった。

彼も同じことを考えているのだろうか。私たちがここで「発情している」（祖母はよくこの言葉を使っていた）あいだに、どちらかの母親が死んでしまったら？

それでも、後部座席という狭苦しい空間で、悲しみと人恋しさを分かち合う私たちの中に、罪悪感や恐れの入る余地はなかった。ただ安堵だけがあった。

二人で果てた時、私はノット＝ダニエルにそう告げた。私たちの汗ばんだ背中は、革のシートに張りついていた。

「ほっとしたって？」彼は顔をしかめ、そして微笑んだ。「ほっとしたくらいなら、俺は期待どおりの仕事ができなかったってことだな」

「え、それは違う」と私は言った。「あなたは……きっちり仕事してくれたし、期待に応えてくれた。でも、訊きたいことがある……」

「何？」

「私たちがここにいるあいだに、どちらかのお母さんが死んじゃうんじゃないかって、心配してた？」

「そんなこと、考えもしなかった」

「本当に？」

「本当に。俺はきっちり腰を動かすこともできるし、死んでいようがいまいが、母親のことを考えることもできる。でも、両方いっぺんにはできない」

そして私は笑った、笑ってはいけないと思いながらも。何もかもが、あるべき姿から程遠いというのに。

ディア・
シスター

DEAR
SISTER

親愛なるジャッキー

私はこの手紙を五回ほど、五通りの方法で書き始めましたが、結局のところ、あなたがこれを読むかどうかは私の書きかたにかかっているわけじゃない、と自分に言い聞かせました。あなたがどんな人なのか、あなたがどんな経験をしてきたのか、そして、レネイ、キンバ、タシータ、私と同じ父を持つことについて、あなたがどう思っているのか、そこにかかっているのですから。あなたは何とも思っていないかもしれない。父親がいなくても、あなたは順風満帆の人生を送って来たのかもしれないし、そうであることを祈っています。でももしかしたら、とても重要なことなのかもしれない。父のことを知りたいと願いながらも、それができずに苦しんできたのかもしれない。いずれにせよ、私たちの父、ウォレス・〝ステット〟・ブラウンが脳卒中で先週亡くなったことは、お知らせしなくてはと思いました。

私たちが知る限り、あなたは父に会ったことがないはずです。最後に父があなたと会ったのは、あなたが赤ちゃんの頃でした。それが本当なら、そしてこれが少しでも慰めになるならば一言。

いてもいなくても、大差なかったです（末っ子のタシータにそう伝えてくれと言われました。私たちは今グランマの家にいて、みんなが一斉に話しています。あなたに何を伝えるべきか、私に指図しています。ほとんど無視していますが。私は率直だし、歯に衣着せぬ性格だから、手紙の執筆者に選ばれました。でも、タシータとは違って、気配りもできます）。

そうそう、念のために言っておくと、「グランマの家」とはいえ、生きていた頃はグランダディもここに住んでいました。彼は二〇〇二年に心臓発作で亡くなりました（グランダディ、安らかに）。会っていたら、あなたも好きになったはず。みんな大好きでした。いつもジョークを言って、面白い話をしてくれました。彼もグランマと同じく、グッド・ピープルでした。二人は全力で子育てしましたが、それでも子どもたちはストリート・ライフに足を突っ込んだり、貧しく厳しい暮らしに身をやつしたり。生い立ちに関係なく、自分の道を突き進んでしまう人もいるということなのでしょう。

ステットの話に戻りますね。タシータは正しい。父がいてもいなくても、大差なかったです。ステット――高校時代にステットソンの帽子を被っていたから、グランマ以外には「ステット」と呼ばれていました――、彼はロクな父親じゃありませんでした。私たち娘との関係性はそれぞれ違いましたが、どれもが不健全で、あの人は父親らしいことなんてしていませんでした。

キンバは長女で、調停役です。父のことは「ウォレス」と呼んでいましたが、基本は父なんていないかのようにふるまっていました。長いあいだ、彼女がタシータとレネイの喧嘩を食い止めていました。ハーバード大学を出ています。彼女のお母さん（ジャン）と私の母は友人同士でした……ステットに出会うまでは。でも、キンバと私が小学校に通い始める頃には、二人とも確執を乗り越え、私たちを姉妹のように育ててくれました。「そのうち、お互いを必要とする日が来る。私もジャンもずっと生きてるわけじゃないし。それに、あんたのダディはまったく頼りにならないからね」

それはそうとして……キンバは今、フィラデルフィアで夫と子ども二人と暮らしています。あなたの姪と甥。彼女は唯一の子持ちで、一番おとなしい。さっきも言いましたが、調停役です。レネイから連絡があるとすぐに飛んできて、グランマの手伝いをしています。それでも彼女を見ていると、今すぐにこの街から出て、自分の生活に戻りたくて仕方ないことが分かります。

グランマといえば……まだアルツハイマーは本格的に進行していないけれど、兆候はあります。私たちの名前を忘れることもあるけれど、自分の愛息が亡くなったことは分かっています。悲しんでいて、ときどき涙も見せています。七五歳の彼女は、夫や子どものほとんどに先立たれました。まだ生きているのは、グランダディが亡くなった時、グランマの世話をしに引っ越してきたアンクル・バードだけです。

先週、キンバが到着した後、私たちは一緒に夕食をとろうとグランマの家に集まりました。近所の人たちや教会の人たちからの差し入れがありました。フライドチキン、ベイクドチキン、マカロニ&チーズ、葉野菜《グリーン》の煮込み、デビルド・エッグ、ポテトサラダ、ブラックアイドピーズ&ライス、パウンドケーキと、数日はもつほどの量です。

席について食事をしていると、グランマが言いました。「あんたたちの中で、妊娠してるのは誰？」

彼女はチキンレッグをポインターのように振り回しました。「今週、毎晩のように魚の夢を見ているんだよ」

物心ついた頃からずっと、私たちはグランマの魚の夢について聞かされてきました。七人の子ども、一九人の孫（あなたを含めて）、八人の曾孫、三人の玄孫を持つグランマは、魚の夢をたくさん見てきました。

「このあたりで、誰かが妊娠してる」と彼女は呟きました。

レネイ、キンバ、私は顔を見合わせ、首を横に振りました。「グランマ、私たちじゃないよ」とレネイは言いました（タシータはまだ来ていませんでした。遅刻魔だから）。

とにかく……グランマは自分の子どもから玄孫に至るまで、新しい家族の到来を魚の夢で予知していました（「でもカリルは例外」とグランマはいつも言っています。「デリックは、あの子が生後二週間になるまで、彼女《ガールフレンド》を紹介してくれなかった。靴も帽子もなしで生後まもない赤ん坊を外に連れ出すもんじゃないって言ったら、あの娘はすっかり気を悪くしてね。六月だってダメなもんはダメなのよ」って。一九八六年六月の出来事ですが、グランマは昨日の出来事のように語ります。カリルはもう一九歳で、子どもだっているのに！）。

グランマが魚の夢を見たら、彼女に近い誰かのお腹の中に赤ちゃんがいます。外れたのは一度だけで、グランマが糖尿病の合併症で入院していた時。具合が悪かったから、荒唐無稽な夢を見たのだろう、とみんな言っています。でもジャッキー、姉や妹しか知らない秘密をここで話しますね。グランマの夢は、外れてはいませんでした。私は神の意志に反して中絶したことよりも、家族の期待に反してグランマの記録を台無しにしてしまったことに、より大きな罪悪感を抱きました。一五年が経った今でも、グランマは「糖尿病《シュガー》は医者が思ってるよりも厄介な病気だよ。人の夢にまで影響を与える……」なんて言っていますが、私には事の真相を告白する勇気はありません。

でも今回、妊娠しているのは絶対に私じゃない。この一年、誰とも付き合っていませんから。男って疲れるし、私には付き合うエネルギーがありません。あなたは結婚していますか？　子どもは？

それなら……いとこの誰かか、はとこかも？　タシータかもしれない。でも、彼女は避妊注射《デポ》を打ってるから違うか……。

確実に妊娠していないのは、真ん中のレネイです。彼女はたぶんまだ処女のはず。ステットのこととなると、レネイは私たちの誰よりも妄想が激しかった。彼女と私は両親が同じです（考えたくないけれど、母はステットに二度騙されたと思っていたことでしょう）。レネイと私は、両親が同じこと以外あまり共通点がありません。ステットに対する見解にしてもそうです。小学校の頃、彼女はいつもみんなに言っていました。ステットと母は結婚していて、彼は毎年バハマのクルーズに連れて行ってくれて、バービーのドリームハウスをクリスマスに買ってくれたと。毎年、大きなプレゼントでした。確かにステットは、バハマのクルーズに毎年行っていました。その時々の彼女《ガールフレンド》と一緒に。私たちにプレゼントをくれたことはありませんでした。私たちが彼から期待できたのは、守られない約束、養育費の遅延（払ってくれないことも多かった）、夏休みにグランマの家で過ごす時間だけでした。父についての良い思い出は、夏休みだけです。とはいえ、私たちの滞在中も父はずっと街をふらついていたから、父の思い出でもないんですけど。

でも、レネイはそんなことにもまったく動じませんでした。誕生日、父の日、クリスマスが来るたびに、あの男にカードとプレゼントを買っていました。まるで彼が年間ベスト・ファーザーであるかのように。あなたも何かお父さんにプレゼントしたい？ って母に訊かれたけれど、私はいつも「いいえ、結構です」とだけ答えていました。本当に、結構だったから。

タシータと私は、キンバとレネイのあいだに身を置いていました。自分の誕生日やクリスマスに父からのプレゼントを期待してはいなかったけれど、彼から何ももらえないと、すごく傷ついていて、まるで煉獄にいる娘のようでした。

ある父の日、レネイと私はグランマと教会に行きました。レネイは一〇歳、私は一三歳でした。ステットは、教会に行くつもりだとグランマに約束していました。彼はいつだって、教会に行くつもりだとグランマに約束していました。レネイと私はグランマを挟んで座りました。教会の右側の二列目がグランマの指定席でした。レネイは何度も何度も振り返っては、後方にある扉を見ていました。ステットがいつ入ってきてもおかしくないと思っていたのでしょう。彼女は父にあげるプレゼントを持っていました。クリスマス用の包装紙で自らラッピングした靴下です。牧師の説教が終わっても、レネイは何度も後ろを振り返っていました。グランマは彼女の膝を叩き、抱き締めました。それでも彼女は、振り返り続けました。

それから牧師は、イエスを心に招き入れたい人は前に出てくださいと、檀上から呼びかけました。そして父親たちにも、前に出て自分の人生を子どもたちに捧げることを誓ってください、と求めました。男たちが前に出て、聖餐台にひざまずき、子どもたちの良き父親になることを誓う姿をレネイは見ていました。そして最後にもう一度振り返ると、涙を流しました。

教会を出る時、彼女は靴下をゴミ箱に捨てました。あの日、もし私が彼女の痛みを取り除けたならば、そうしていたでしょう。でも、私にはできませんでした。私はただ、ステットについて耳にした母の言葉を伝えることしかできませんでした。「私たち、彼なんかにはもったいない」って。それは真実だと思いました――私たち、彼なんかにはもったいない。でも、レネイは決してそれを信じていなかったと思います。彼女は自分に何がふさわしくて、自分にどれだけの価値があるのかを理解していなかったのだと思います。

＊

あなたへの手紙を書くのを少し休んで、食事をしていました。何年も前に起こった父の日の教会での出来事を思い出していたら、あなたにとっての父の日はどんなものだったのか、それ以外の日はどうだったのかなんて考えていました。父親がいないことで一度大きく傷つくのと、父親はいるけれど何度も失望させられて小さく傷つき続けるのとでは、どちらがマシなのでしょうか？　傷つくことも含めて、少しでも父親がいたほうがいいのでしょうか？

まあ、あの頃は私たちの誰も、父について選べたわけではありません。でも今なら、どれだけのスペースを彼に与えるか、私たちで決めることができます。

この手紙のせいで、あなたがさらに苦しまなければいいと思っています。最初はあなたに連絡するつもりはありませんでした。幼い頃から、もうひとり姉妹《シスター》がいるという話をあちこちで聞いていましたが、私たちはまったく気にしていませんでした。でも、数日前にここで座っていたら、グランマの近所に住んでいるミス・マーガレットがスイートポテト・パイを持って立ち寄ってくれました。

「娘さん、もうひとりいなかった?……太った子」と彼女は言いました。

私たちは、彼女が何を言っているのか分かりませんでした。「数年前、ここに来ていた子だけど」

「北部の男性と結婚していた」

「ああ、それは私ですよ、ミス・マーガレット」とキンバは言いました。「夫はフィラデルフィア出身だし、最後にここに来た時、私は妊娠していたし」

「いや、あんたは単に太っていただけだよ。妊娠していた時のあんたのことも覚えているし」

年寄りがいつも癪に障ることを言うのは、私たちが簡単には言い返せないのを分かっているからでしょう。キンバは「このクソ女、正気?」とでも言いたげな顔で私を見ました。

ミス・マーガレットは話し続けました。「でも、もうひとり女の子がいたはず……ステットの娘が」

「彼女には一度も会ったことがありません」とレネイは早口で答えました。

「彼女にだって知る権利はあるでしょ」とミス・マーガレットは言いました。彼女はグランマのほうを向いて問いかけました。「彼女にも知る権利がある、そうでしょう、メイ？」

グランマは食べていたパイから顔を上げました。「誰のこと？」

ミス・マーガレットは首を振りました。「何でもない」。すると、タシータがいつものように大声で電話しながら入ってきました。「ガール！」彼女は電話口の誰かに言っていました。「言ってくれなきゃ分かんないって、そいつに言ってやりな。しゃぶってほしいなら、彼のほうから口に出してお願いしなきゃ。男が口を閉じてたら、女の口は開いてもらえないよって」。彼女は自分の言葉遊びに笑いました。「でも私、真面目に言ってるからね……『どんな子どもも落ちこぼれにしない』運動ってあったでしょ？　私としては、『どんな男もしっかり抜いてあげる』運動だから」

「タシータ！」とレネイは椅子から飛び上がりました。「最低！　場をわきまえなさい！」

タシータはレネイの顔から数センチ離れたところで、開いた手のひらをかざしました。トーク・トゥ・ザ・ハンド、黙れの合図。彼女はまだ病院の手術着《スクラブ》を着ていて、マイクロブレイドをお団子にしていました。

ミス・マーガレットは鼻に皺を寄せました。「ああ神様、私はもう帰ります。メイ、また後で話しましょう。それじゃあね」

タシータは電話を切り、グランマの頰にキスをしました。「ハイ、グランマ」

「その口がどこにあったか、神様はご存じでしょう」とミス・マーガレットは、帰り際に呟きました。「ミス・マーガレット、わざわざ来てくれてありがとうございます」と言いながら、キンバが玄関ポーチで彼女を見送りました。「それから、パイもありがとう。土曜日のお葬式で会いましょう」

このエピソードで、タシータの人となりが分かると思います。それから、複数いる彼氏《ボーイフレンド》のひとり（既婚男性）と、交際五周年を祝った事実も加えておきましょう。

キンバはタシータに尋ねました。「ウォレスが別の娘のこと話してたの、覚えてる？」

レネイは苛立ってため息をつきました。「さあ、グランマ。お風呂の用意してあげるね。もう遅いし」

タシータは、マカロニ&チーズをオーブン皿から直接食べながら、キンバの質問について考えました。「ううん、覚えてないなあ」

「ミス・マーガレットは、彼女に連絡するべきだって言ってるんだけど、私たちは彼女のこと、知らないんだよね」

「アンクル・バードには訊いてみた？」

タシータはワイルドだけど、頭もいいんです。彼女のお母さんはストリッパーだったけれど、タシータには勉強させて、私たちと同じように大学にも行かせました。タシータは看護師、キンバは教授、レネイは幼稚園の先生、私は社会福祉事業のNPOでプログラム・ディレクターをしています。あなたはどんな仕事をしていますか？

それから……私はアンクル・バード（本名はバート）に話を聞きに行きました。彼は少年時代にステットとシェアしていた寝室に帰っていました。アンクル・バードの目は、泣きはらして真っ赤でした。ステットの死が相当こたえていたのです。何しろ、兄であると同時に、一番の親友でもあったのですから。

アンクル・バードはあなたの名前を思い出せず、あなたのお母さんの名前しか覚えていませんでした。それでも、あなたのお母さんがグランマの家に何度か来たことがあって、赤ちゃんの頃のあなたに一度会ったことがある、と話していました。

「あんたのダディは大した男だった」とアンクル・バードは言いました。彼は古いツインベッドに大の字で寝ていました。私はステットのベッドに座りました。「何もかもお見通しだったんだ。昔の俺はまあいろいろ悪さしてて、兄貴にはいつも突っ込まれてた。何人かで一緒に飲んだ時、俺はマイアミから帰って来たばかりでね。ヤボ用を片付けに行ってたんだけど、何の用事だったかは言わずにいた。でもステットは、テーブル越しに俺を指さして言ったんだ。『マイアミに行く理由なんて限られてる……クスリを買うか、ガキに会うか、ガキを作りに行くか、くらいなもんだ』って」

アンクル・バードは笑いました。「だから俺は言ってやったんだ。『おい、子だくさんなのは兄貴のほうだろ。スペードの手札みたいに子どものことを話すのは、あんたぐらいだよ』って」。アンクル・バードは、父のゆったりとした話しかたを真似しました。「『うーん……五人は確実で……状況次第ではもう一人いるかも』」

私たちは一緒に笑いました。それから、アンクル・バードはまた泣き出しました。悲しみって、そういうものなのです。彼が失ったのは、ステットだけではありません。他のきょうだい四人も、ドラッグか暴力、もしくはその両方が原因で早くに亡くしていました。私たちがおじやおばを知る機会は、ほとんどありませんでした。

私がダイニングルームに戻ると、タシータが自分とキンバのグラスにテキーラ・ショットを注いでいました。彼女は別のグラスを持ってきて、私にも注いでくれました。

レネイがあなたを見つけることに反対していたと知っても、きっとあなたは驚かないでしょう（それから、テキーラに顔をしかめたことも）。あなたが現れて、ステットに遺産があるかもしれないと嗅ぎまわるだろうなんて、彼女は言っていました。ステットが死んだ時、彼には現金も財産もなかったこと、私からしっかり言い聞かせてやりました。彼女のことは気にしないで。さっきも言ったけれど、妄想が激しいんです。長いあいだ、散々傷つけられてきたのに、彼女はファザコン全開です。食料品を買い出ししては父のアパートを訪れて、毎週料理を作っていました。金曜の夜は父のところで過ごし、老人みたいにテレビを見ていました。バスルームの床に倒れて死んでいる父を見つけたのも彼女です。付き合っている人はいるのか、彼女に尋ねたことがあります。軽い付き合いじゃなくて、結婚を前提とした交際を信じているし、いつか神が選んだ男性が自分を見つけてくれるはず、というのが彼女の答えでした。職場とステットの家にしか行かない彼女を、どうやって未来の伴侶が見つけられるんだろう、なんて私は思いました。ケーブル工事の担当者や、ステットのアパートの管理人が、神の選んだ男性なのかもしれないと、彼女は思っていたのでしょうか？

私たちが座ってテキーラを飲んでいると、タシータの電話が鳴りました。キンバはちらっと目を落とし、発信者の名前を読みました。「ケツ穴配管工？　タシータ、一体これは⁉」

タシータは電話を取り上げました。「余計なお世話！」彼女は居間に行き、また大声でお喋りを始めました。

レネイは今にも失神しそうな顔をしていました。

キンバと私はもう一杯飲みました。

タシータがダイニングに戻ってきた時も、レネイはまだ怒っていました。「タシータ、いくらあなたに自尊心がなくても、せめて人様の結婚は尊重しなさい」。タシータはもう一杯飲みました。

「人様の結婚は尊重してるよ」と彼女は答えると、テーブルにグラスを叩きつけました。「向こうに気にすんなって言われるまではね」

キンバがクスクス笑い、私も我慢できなくなりました。私たちはみんなで大爆笑。もちろん、レネイは笑っていませんでしたが。

「二人とも、妹の不貞行為を許しているの？」とレネイは尋ねました。

テキーラを飲んでリラックスしたのか、キンバはこう言いました。「許すとか許さないとか、私が決めることじゃないから。タッシュは大人の女性なんだし」

「キンバ、放っておけばいいよ」とタシータは言いました。「あなたがいない時は、聖人ぶったこの人のことなんて、私も無視してるから」

「本題に戻りましょう……」とレネイが言いました。「バートおじさんがその娘の名前を思い出せなかったの、それはそれで良かったんだと思う。すべての出来事には意味があるのだから」

「うわっ、ジーザス・クライスト、古臭い決まり文句が第一言語ですって感じ」

「ちょっと――」

「――主の御名を軽々しく使わないで、とか言うんでしょ。実の父親がクソ以下だったからって、架空の白人の父親像にしがみついてるってこと、自覚してる？　言っとくけど、あんたがすがりついてる架空の白人のダディだって、クソ以下だからね。まともな神なら、あんたにまともなダディを与えてくれたはずだし」

レネイは深く息をつき、タシータに背を向けると、私とキンバに向かって言いました。「さっきも言ったけど、それが一番いいのよ。彼女は私たちの家族じゃないんだから」

「家族じゃないって？」とタシータは笑いました。「それじゃあ、私たちって何？　ロリコン爺を父に持つ女の集まりってだけじゃん。彼女だって、間違いなく私たちの家族だよ」

「でも」――レネイはまた素早く振り返って、タシータに向き直りました。「彼女は私たちとは違って、お父さんのことを知らなかったでしょ。っていうか、あなたが生前のお父さんを尊敬していなかったのは分かるけど、せめて亡くなった人には敬意を払いなさいよ」

タシータが話し始めようとすると、キンバがそれを遮りました。「いい加減にして。あんたたちのせいで、頭痛がしてきたんだけど」。彼女はこめかみをさすりました。

タシータは忍び笑いをしました。「ねえ、頭が痛いのはテキーラのせいだよ」

レネイは言いました。「聖書には『父と母を敬いなさい』って書いてある――」

「父を敬えって？」とタシータは叫びました。「あのクソ親父が、いつあんたを敬ってくれた？私のことや、キンバのこと、ニシェルのこと、見下げたあいつが自分以外の誰を敬ってた？　敬うなんて御免だね」

「不敬にもほどがある！」レネイは悲鳴を上げて、耳を塞ぎました。

タシータは笑いました。「ねえ、本気で言ってんの？」

「二人とも！」とキンバが声を荒げました。「静かにして。グランマとアンクル・バードが寝てるんだから」

レネイは声を落としました。「ひとつ言っておくわね。お葬式では騒ぎを起こさないで」。タシータは首を傾げました。「騒いだらどうなる？」（ちなみに、私たちのなかでつかみ合いの喧嘩ができるのは、タシータだけです。キンバは口で相手をやり込め、レネイは相手のために祈ります。私はといえば、遠くから悪口を浴びせるだけです）

「どうなるって……教会から追い出す」

「そう、分かった。せいぜい頑張って」

「タシータ、こっちは真面目に言ってるのよ。葬儀とは死者に敬意を払い、生きている者を慰めるもの。それを尊重できないなら、出席しないで」

「あんたは自分がここを仕切ってて、自分が父親のお気に入りだと思ってるんでしょ。好きにそう思ってくれてていいけどさ、私には指図できないよ」。タシータは手を叩きながら、強い口調で締めくくりました。「あんたが、ここを、仕切ってる、わけじゃ、ないからね」

「休戦しない？」とキンバが提案しました。

「ノー！」とタシータとレネイが答えました。

「レネイ」と私は言いました。「まるで私たちがすごい名家で、ステットがその家長みたいに話すのはやめて。それから、聖書を引用するなら、全文お願いね。『父と母を敬いなさい。これは第一の戒めで、次の約束を伴います。そうすれば、あなたは幸せになり、地上で長く生きることができる』〔エフェソの信徒への手紙六章二－三節〕って。分かってるよ。あなたが天国で冠を受け取ろうとしていることも、あの男の愛に憧れていたことも。彼もあなたの愛に応えていたんじゃないかな。でもね、残りの私たちは、あなたが求めているものを求めてはいないし、あなたが彼から受け取ったと思っているものを、受け取ってはいないっていう事実も尊重してね」

レネイは腕を組むと、泣き出しました。その姿は、父の日に教会で見た一〇歳の頃の彼女にそっくりで、私は思わず引き下がりそうになりました。踏みとどまったけれど。

「それから」と私は言いました。「きちんと真実に向き合うなら、次の節には、『父親たち、子どもを怒らせず、主のしつけと諭しによって育てなさい』〔エフェソの信徒への手紙六章四節〕って書いてあるよ」

「つまり」とタシータは言いました。「聖書を使って彼に説教してなかったなら、私にもやらないでってこと」

「それに……」と、私はタシータのほうを向きました。「私たちは、単なるダメ男の子どもじゃない。姉妹《シスターズ》なの。喧嘩することもあるけど、いつだって支え合ってきた。私は黒い服を着て、教会で粛々と座るつもりだけど、それは彼が素晴らしい父親だったからじゃない。そんなの嘘だって、私たち全員が知ってる。私がお葬式に行くのは、グランマとアンクル・バードとレネイとキンバと、ハチャメチャなあなたを愛してるからだよ。ステットが私たちを繋いでくれたけど、私たちは人生のほとんどを父親不在の中、ずっと一緒に生きてきた。みんなでこの家で夏を過ごして、グランマが門の外に出してくれなかったから、あのちっぽけな前庭で一日中遊んでたよね。覚えてる?」

キンバとタシータは頷き、笑い出しました。レネイすら、微笑みました。

キンバは言いました。「私たちが遊びから帰ってきた時、アンクル・バードに『畜生《ガッデム》、お前ら、ヤギの群れみたいな臭いがするぞ』って言われたの、覚えてる?」

「家の中で罵り言葉を使ったからって、グランマが丸めた新聞紙でおじさんのお尻を叩いたのよね?」とレネイは言うと、呆れたような顔でタシータのほうに目をやりました。

私たちはさらに笑い、その場で座ったまま思い出に浸りながら、珍しく黙り込みました。楽しかった時間、親密だった時間。グランマの家で過ごした夏。お互いの家でお泊まり会をした学生時代。洋服の交換会。ディズニー・ワールドへの旅行。異性関係の悩み。母親の愚痴。お互いの髪を結いあったこと。プロム。卒業式。キンバの結婚式。

ステットはそのどれとも無関係でした。彼は与えることなく奪う男だったから、私たちに悲しむべきことを何も残さなかった。

タシータが沈黙を破りました。立ち上がり、持ち帰る食べ物をお皿に盛ると、「朝から仕事だから、帰るね」と言いました。彼女は鍵と財布を手に取り、レネイ以外のみんなにハグをして別れを告げました。

ここまで読んで、あまりの混沌状態に、こんな人たちと関わりを持つなんてあり得ない、とあなたは思っているかもしれません。でも約束します。私たちは、あなたが望み得る最高の姉妹だって。次に何が起こったかも、書かせてもらいますね。私たちが次に集まったのは、葬儀に向かうリムジンの中でした。レネイは私たち姉妹を一台のリムジンに乗せ、グランマ、アンクル・バード、キンバの夫と子どもたちをもう一台に乗せました。

レネイとタシータはまだ冷戦の真っ最中でしたが、少なくとも熱戦ではなくなっていました。タシータは葬儀の朝、背中のぱっくり開いた黒いドレスに透明のヒール姿でグランマの家に現れましたが、レネイが車のトランクから取り出したブレザーを着てくれました。

葬儀は……何の変哲もない式でした。レネイ、グランマ、アンクル・バードは涙を流しました。キンバの子どもたちは落ち着きがなかったので、キンバのお母さんはお菓子で釣っておとなしくさせようとしていました。私の母は、最後列に座っていました。私からは見えなかったけれど、そこにいると母は言っていました。父親としてのステットのことを何も知らなかった友人たちが立ち上がり、彼がいかに素晴らしい友人だったかを語りました。聖歌隊は二曲歌いました。牧師は、グランマとグランパの信心深さが子どもたちや孫たちを守ってきたのだと話しましたが、おそらくそれくらいしか言えることがなかったのでしょう。それから、何十年も教会とはご無沙汰だった人の葬儀でよく語られるような話を続けました。参列者に自分自身の死について考えさせ、イエスと正しい関係を築かなければ、永遠という時間をどこで過ごすことになるかを思い出させたのです。

　私は数年前に、聖餐台でイエスと和解していたから、この時はぼんやりと話を聞いていました。ステットと私もずいぶん前に和解していました。彼は父親らしくふるまえないし、私はレネイのようにはふるまえないのだと、お互い相手に対する期待を捨てたのです。葬儀が終わり、案内係が私たちを教会から連れ出そうとした時、私はもう帰りたくて仕方ありませんでした。

　墓前で棺が地面に安置される時、私たち姉妹はグランマとアンクル・バードの周りに集まりました。食事をしようとみんながそれぞれ教会に戻った時、私はひとり、お墓の横に立っていました。まだみんなと合流する心の準備ができていなかったのです。

　でももちろん、ブラック・ピープルが父を亡くしたばかりの私を放っておくわけがありません。弛んだ顎と白髪交じりの頭をしたライトスキンの男性が私の隣に立ち、「お父さん、お気の毒でした」と言いました。

「ありがとうございます」

「私はお父さんの友達だった。チョーンシーだけど?」チョーンシーは、私の顔を見ながら反応を待ちました。何の反応もないと、彼はそのまま話し続け、私に向かって人差し指を振りました。

「お父さんは、いつも君のことを話していたよ。自慢していたんだ。ずっと成績優秀で、大学にも行ったって。イェール大に!」

「それ……私じゃない。姉のキンバです」

「それから、彼女が行ったのはハーバード大です」

「まあ、君たちみんなが自慢の娘だったってことで……そうだ、そうだ、うん、うん！　ステットのお嬢さんは美人ぞろいだなあ」。チョーンシーは私の肩をさすり、私はその感触に身震いしました。彼も気づいたはずですが、それでもさすり続けました。私の肌はジャケットの布地の下で、じっとりと湿り気を帯びました。

「本当に美人ぞろいで」と彼は言いました。

チョーンシーが褒めていることに気づくまで、数秒かかりました。さらに数秒経って、葬儀の場であることや、彼の手がまだ私の肩に触れていることを考えると、その褒め言葉が極めて不適切なことに気づきました。

「それで、この後の予定は？」と彼は尋ねました。

私は身体を離して、睨みつけました。こんなこと、あってたまるか。「五秒以内に、私の視界から失せろ」と私は言いました。「さもないと、大声で叔父を呼んで、あんたに穴があくまでボコボコにしてもらうよ。五……」

チョーンシーは後ずさりしました。

リムジンの中で、私は黙っていました。みんな、私がこの日の重みを感じているのだと思っていたはずです。でも、タシータは違いました。さっきも言ったけれど、彼女は賢いんです。

「ニーニー、どうしたの？」

私は深呼吸して、何が起こったかを話しました。

「え、あり得ない」とレネイは言いました。「あのクソ野郎《マザーファッカー》……」。私たちは皆、彼女を見つめました。

食事会では、グランマ、アンクル・バード、キンバの一家、母と一緒に座りました。教会の女性たちが、山盛りの料理とフルーツパンチを持ってきてくれました。

隣のテーブルでは、タシータがチョーンシーの向かいに座り、微笑みながら頷いていました。私が聞き取れたところでは、彼はまたステットの美しい娘たちについて話していました。レネイが二人に加わり、チョーンシーの前に食べ物の入ったお皿とフルーツパンチのカップを置きました。彼は喋り続け、レネイとタシータは微笑みながら頷き続けていました。

それから、チョーンシーはフルーツパンチを一気飲みしました。

そして、絶叫。

彼は喉を掻きむしりました。汗をかき、涙ぐんでいました。教会の女性たち数人が駆け寄りました。レネイとタシータはお皿を持って静かに私たちのテーブルにやって来ると、着席して食べ続けました。

「チョーンシーはどうしたんだ?」とアンクル・バードは訊きました。

「ホットソース、チキンにかけすぎたんじゃない?」とレネイが答えました。「グランマ、何か取ってこようか?」

「ううん、ベイビー」とグランマは言いました。「私は大丈夫。この中で誰が妊娠してるかを知りたいだけ。魚の夢ばかり見てるから……」

長い一日でした。

この手紙も長くなってしまいました。でも、ステットの死だけでなく、私たちのことを知ってほしかったのです。レネイのこともね。彼女もそのうち考えを改めるはず。アンクル・バードがようやくあなたのお母さんの名字を思い出した時、彼女は少し口を尖らせたけれど、彼女も私たちと同じように、あなたのことを知りたがっています。

それから、フィラデルフィアに来ることがあれば教えてって、キンバが言っています。私たち全員の住所と電話番号は以下の通りです。

アンクル・バードは、姪をもうひとり迎える心の余裕ならあるぞと伝えてくれ、と言っていました。私の心の中にも、シスターをもうひとり迎えるスペースがあります。

最後に、タシータから質問です。ウィスキーとウォッカ、どっちが好き?

あなたのシスター　ニシェルより

追伸　グランマは、あなたが妊娠しているかどうか知りたがっています。

ピーチ・コブラー

PEACH COBBLER

母のビーチ・コブラーはあまりに美味しくて、神様《ゴッド》すら不貞を働くほど。私は五歳の頃から、キッチンで母のそばをうろつき、つぶさに観察していたから、六歳になるまでに、材料と作る手順をすべて覚えていた。それでも、邪魔だと怒鳴られないくらいの距離は保っていた。正確な分量が分かるほど、近づくことはなかった。母は決してレシピを書き留めなかった。言われるまでもなく、私はそのコブラーのことも、神のことも尋ねてはいけないと学んだ。毎週月曜日、神はキッチンのテーブルで背中を丸め、ピーチ・コブラーを何皿も平らげては、私が母と共有している寝室に消えていったけれど、それについても見て見ぬふりをするようになった。

私は黙って母を観察し、コブラーの作りかたを学んだ。少し大きくなって、トロイ・ニーリー牧師が神ではないと分かってからも、母が作ったコブラーの甘さと食感を完璧に再現したいと願ってやまなかった。娘にはTVディナー〔一回の食事がワンプレートにパッケージされた冷凍食品〕を与えていた母が、ダイナーでのウェイトレスの仕事が休みの月曜日には、新鮮な桃を使ってピーチ・コブラーを焼いた。日曜日が土曜日で、月曜日が日曜日、それが母の口癖だった。私が知っていたのは、娘のために過ごす日など、母の中には存在しないということだった。

私の子ども時代、月曜日には神（と私が幼心に信じていた人）が折々に立ち寄って、二〇センチ×二〇センチの型で焼いたコブラーを完食していた。母は決してコブラーを食べず、桃は嫌いなの、なんて言っていた。神が私にコブラーを分け与える隙も与えず、母は私をキッチンから追い出した。まあ、隣に座ったところで、分けてはもらえなかっただろうけれど。神は太ったおじいさんで、黒人のサンタみたいだった。母のピーチ・コブラーを食べているから、胴回りが立派なんだろう、なんて私は思っていた。

月曜日もいろいろで、夕食の後に神がやって来て、私が居間のカウチで丸くなりながら『大草原の小さな家』を見ている頃に、帰っていくこともあった。私が学校から帰ってくると、母と神がもう寝室にいることもあった。家に入るとすぐ、喘ぎ声とヘッドボードが壁にぶつかるような音が聞こえてきた。私は玄関のドアをそっと閉め、廊下を忍び足で歩き、寝室のドアの外で耳を傾けていた。「オー・ゴッド！　オー・ゴッド！　オー・ゴッド！」と母は叫んでいた。「イエス、イエス、イエス！」と、低く唸るように言う神の声も聞こえてきた。

月曜日に家で姿を見るようになる前から、ホープ・イン・クライスト・バプティスト教会のニーリー牧師は神なのかもしれないと、私は薄々感じていた。大きくて、黒くて、力強くて、私が神に抱いていたイメージどおり。私が幼稚園の日曜学校で初めて覚えたイースターの言葉は、「イエスは神の子」だったけれど、黒人の神に、金髪碧眼の息子がいてもおかしくないと思っていた。ニーリー牧師はダークスキンで、妻はライトスキン、私と年の近い息子のトレヴァーは灰色の瞳をしていて、教会中に絵が飾られていたキリストとそこまで変わらない肌の色をしていた。それに、毎週日曜日の礼拝の途中で、ニーリー夫妻とトレヴァーは聖餐台の前に立ち、聖歌隊が「I Love You (Lord Today)」を歌うなか、信徒から献金を集めていた。だから、ニーリー牧師が「神」だと推し量るのは容易なことだった。寝室のドア越しに聞こえてきた母の熱っぽい叫び声だって、神《ゴッド》よと言っていたのだし。

　私はニーリー牧師が日曜日に繰り広げる演劇のような説教を楽しんだ。説教壇から、彼は神の怒りと裁きについて、雷が轟くような大声で信徒に語りかけた。神の愛と慈悲を話す時には、両腕で自分の身体を抱き締めて揺れ動いた。それから説教壇を降り、教会の通路を歩き回りながら、「福音《グッド・ニュース》」を私たちに伝えようと、活力と興奮を漲らせていた。巨漢なのに、その動きは驚くほど軽快で雅やか。彼が聖餐台から信仰の告白を呼びかける頃には、大多数の女性と数人の男性は立ち上がり、身体を揺らしながら声を上げていた。でも、母は違った。座ったままで、通常運転のポーカーフェイス。

　ニーリー牧師夫妻は、ジャック・スプラット夫妻〔わらべ歌の登場人物〕とは正反対だった。夫はがっしり、でっぷり。妻は子どもが描く棒線画みたいに、ひょろひょろで、ガリガリ。献金のあいだ、彼女はまるで矢のように、身体をこわばらせて直立していた。茶色い髪が肩の下まで真っ直ぐに伸びていたから、数年後にニーリー家の玄関に立ち、その姿を間近で見るまで、私はずっと彼女のことを白人女性だと思い込んでいた。

　教会に通う女性たちの多くと同じように、ニーリー牧師夫人もつばの広い帽子を被っていたけれど、彼女のつばは低く垂れていて、目をほぼ覆い隠していた。それでもちょっと見れば、私には分かった。夫人は母のように訴えかけるような大きな瞳の持ち主でもなく、母のように美しいわけでもないと。道行く見知らぬ男たちを色めき立たせる、母のような豊満な胸も、大きな尻もない。すれ違いざまにいやらしい言葉を投げかけてくる男たちのことを、母は「汚らわしい輩《やから》ども」と呼んでいた。ニーリー牧師夫人は、歩いて出かけたりはしないのだろう。ある日、教会の駐車場で、彼女がピンク色のキャデラックから降りてくるのが見えた。近くに立っていた教会の女性のひとりが、夫人は化粧品《メアリー・ケイ》を売って車を手に入れたのだと話していた。

ニーリー牧師は、いつも高級車に乗っていた。年ごとに違う車、信徒からのプレゼント。森と隣り合ったうちの裏庭に、彼はその車を駐めていた。私たちの家は、砂利道の行き止まりにぽつんと建っていた。隣の家は八〇〇メートル先、私が使うバス停の近くにあった。

ある日、二年生だった私は、母に良い知らせを伝えたい一心で、その八〇〇メートルを走って帰った。勢いよく家に入ると、バックパックをカウチに放り投げ、息を切らしてキッチンへとまっしぐらに向かった。

ニーリー牧師はテーブルで、前かがみに座っていた。月曜日だった。彼はコブラーの皿から顔を上げると、取り繕うようなわざとらしさで、「ハロー」と言った。語尾を引きずるさまは、子どもと話したくないときの大人の話しかただ。私は挨拶を返し、彼はすぐまたコブラーに戻った。スプーンでゆっくりと食べる一口がやたらと小さい。彼の分厚い唇は、うっすらと開き、ぬらぬらと光っていて、私はテレビや映画で見たキスを思い出した。スプーンは、彼の熊みたいな手の中で、ほとんど見えなくなった。その指は、日曜日の朝食に母がときどき出してくれる、太いソーセージみたい。

母は腕を組んで勝手口近くのカウンターにもたれ、ニーリー牧師が食べる姿を眺めていた。母は満足げだった――とりわけ嬉しそうではないけれど、満足そうな顔をしている。それでも、彼を穴の開くほど見つめていて、もし彼が帰ろうとすれば、突進してドアの前に立ちはだかる心づもりがあるように見えた。

「ママ！」私は必死に息を整えながら言った。「ねえ聞いて！」

「何？」母は牧師から目を離さない。

「ラターシャ・ウィルソンが、誕生日のパジャマ・パーティに誘ってくれたんだけど、行ってもいい？」ラターシャ・ウィルソンは二階建ての家に住んでいて、ピンク色の天蓋付きバービー・ベッドを持っていると、学校で話題になっていた。彼女の髪はいつも綺麗にセットされていて、艶やかなスパイラルカールは、高い位置でポニーテールに結ばれていた。ラターシャの父親は銀行に勤めている。シャツの胸元に押し込んだバースデー・パーティの招待状は、バブルガムの香りがした。ラターシャも、バブルガムの香りがした。きっと彼女の家も、バブルガムの香りがするはず。それを確かめるのが、楽しみで仕方なかった。

「だめ」と母は答えた。

口から滑り出そうになった「どうして？」を、私は奥歯で噛みしめた。母の目は、まだニーリー牧師に向いている。彼の目は、コブラーを見つめたままだ。私の目は、涙でいっぱい。

「さっさと着替えてきなさい」と母は言った。

後ずさるようにキッチンから出ると、涙が私の頰を伝った。私はすぐ寝室まで着替えには行かず、目につかないよう廊下に立っていた。いつもは素直に母の言うことを聞いていた。でもこの時は、あまりに打ちひしがれていた。

私はこっそりと覗き込んだ。母はニーリー牧師と向かい合って座っていて、私が覗いていることには気づいていない。でも、ニーリー牧師はいきなりコブラーから顔を上げ、私にまっすぐ視線を向けてきた！　私はすぐに隠れて、覚悟した。でも、私のことを告げ口する代わりに、ニーリー牧師は母に尋ねた。「どうしてあの娘をパーティに行かせてやらない？」

私はまた覗き込んだ。

母はため息をついた。「私はひとりが好きだし、あの娘も余計な人づきあいは避けるべきだから。そのほうがいいの。お招きを受けたら、招き返さなきゃいけないし。そしたら、みんなが家に来るようになって、こちらの持ち物やら何やらをチェックするようになる。するとたちまち、私生活が町中に知れわたる」。母はテーブルの縁を指先でなぞりながら、ひとり微笑んだ。「私生活が知れわたるのは嫌だって気持ちなら、あなたにも分かるでしょ」

ニーリー牧師は何も言わなかった。コブラーをもう一口食べて、首を振るだけだ。

「それに……」と母は続けた。「あの娘には、足るを知る子に育ってほしい。私はラターシャのママもパパも知っている。同じ学校に通っていたから。二人とも派手で、目立ちたがりだった。彼は父親からリンカーンを借りて彼女と走り回っていたかと思うと、マスタングを買ってもらっていた。一六歳でね。あの人たちは裕福な生活をしている。だからラターシャは何でも持っているし、バースデー・パーティだって、ど派手なものになるはず」

「二人のことは知らないが」とニーリー牧師は言った。「彼らが神の祝福を得て、子どもの誕生日を祝いたい、そこに君の子どもも招待したいというのなら、それはそれでいいんじゃないか」。ニーリー牧師が説教壇の外で神について語っているなんて、不思議だった。あのよく響く、おっかない声ではなく、普通の人の声だった。ラターシャ・ウィルソンのバースデー・パーティに私を行かせてくれるよう、母を説得してくれるかもしれない、普通の人。私は両手の人差し指と中指を交差させて、ひたすら幸運を祈った。

母は座り直し、背筋を伸ばした。慎重に言葉を選ぼうとしているかのように、ゆったりとした口調で話す。「あの人たちの子育てに口を出すつもりはない。でも私は、人生が楽しいものだと思わせるような子育てをするつもりはない。我が子には、甘くない人生が待っているんだから。現実を受け入れるのは、早ければ早いほうがいい。甘い汁を吸ってしまえば、それればかり求めるようになって、大人になった時に、おこぼれでいいから美味しい思いがしたい、なんて生きかたをするようになるんだから」

ニーリー牧師は再び私のほうを一瞥して首を振り、コブラーを食べきった。

私はもう一度、身をかがめて隠れ、交差していた指をほどいた。また涙が溢れてきた。わざわざ見なくても、母が空になったコブラーの焼き型と牧師の皿、スプーンをさっさと片付けることは分かっていた。私が残りかすを後でこっそり味わうことができないよう、母はいつものように、シンクに溜めた石鹸水の中にすべてを沈めることも知っていた。

「君のピーチ・コブラーは世界一だ」と言うニーリー牧師の声が聞こえた。ラターシャ・ウィルソンのバースデー・パーティのことなんて、もう忘れたらしい。毎度おなじみの褒め言葉だった。私は彼を黒人のサンタのような存在だと信じていたから、彼が日曜日に教会で説教をし、火曜日から土曜日まで世界を旅して、いろんな母親たちのピーチ・コブラーを食べ、月曜日に母のもとに戻ってくるところを頭に思い浮かべた。

私は着替えてからカウチに座り、母に対して湧いてきた「怒り」という新たな感情を持て余していた。

二人が寝室に入り、ドアを閉める音がした。私は立ち上がり、TVディナーをオーブンに入れた。母は温めておいてくれることもあれば、忘れていることもあった。フライドチキン、マッシュポテト、コーン、温かいブラウニーの組み合わせが私のお気に入り。いつもブラウニーを最初に食べた。真ん中がまだ柔らかく、粘り気のあるうちに。

ニーリー牧師と母が寝室に滞在する時間は、数分のこともあれば、一時間に及ぶこともあった。出てくる時、二人はいつも笑っていた。私には聞こえなかったけれど、母は何かのジョークに笑っていて、ニーリー牧師におやすみなさいと挨拶する。彼も笑って、もう一度ピーチ・コブラーのお礼を言うのだった。

私はあの笑い声を覚えている。ニーリー牧師が訪ねてくるまでのあいだ、家の中はあまりに静かで、あんな風に母を笑わせるジョークを私も知っていたらいいのに、と思っていたから。そんなジョークは知らなかったけれど、もし桃を切る母の手を見つめて、母がかき混ぜる回数を数え、オーブンからコブラーを取り出す正確なタイミングを匂いで判断できるようになったら――神を喜ばせるコブラーを作れるかもしれない。そうすれば、母も喜んでくれるかもしれない。

神が来なかった月曜日、母は夕食の後にコブラーをゴミ箱に捨て、大きなグラスにタンカレーを注ぎ、いつもより早い時間に私をベッドに送り込んだ。彼が来ないことが、数週間続くこともあった。数か月のことも。信仰体験を語っていた歯のないお婆さんの言葉を思い出した。「神はあなたが望む時にやって来ないかもしれませんが、いつだって、ここぞという時に現れるのです」

ある月曜日の夜、八歳だった私はベッドに寝そべりながら、ゴミ箱の底に沈んだコブラーのことを考えて、眠れずにそわそわしていた。そしてその夜、母がコブラーを捨てる直前に、私がゴミを出し、新しいゴミ袋を入れていたことを思い出した。私は起き上がり、トイレに行くふりをして、キッチンに行った。

暗闇の中、指先が濡れてベタベタになるまで、ゴミ箱に手を伸ばした。コブラーをひと摑みすると、一気に口の中に押し込んだ。嚙みくだくと、口の端から甘い汁が顎まで滴り落ちてくる。私は桃の味と、シロップが染み込んだ柔らかい生地を堪能した。こんなに美味しいもの、食べたことがなかった。母の手の動きをすべて思い出すことができた。桃を熱湯にくぐらせた後、冷たい水道水で皮を剝く様子。桃を切る時の見事な包丁さばき。ジョージア産の桃が手に入らない時季に、缶詰の桃を丁寧に水切りする姿。

私は桃になりたかった。優しい手で触れられたかった。それが叶わないというのならば、せめて自分の手で、何かとてつもなく素晴らしいものを作りたかった。

「何してるの」

私は振り返った。母がむき出しの腕を組んで、戸口に立っていた。昔は空のように青かったのに、すっかり色褪せてしまったコットンのナイトガウンを着ている。

「あんたに訊いてんだけど」と母は言った。その声には、まだジンが色濃く滲んでいた。

涙が頬を伝い、べたついた指はまだ口の中にあった。私は指を噛んだ。何と答えていいか分からなかったけれど、答えないのも怖い。母から体罰を受けることは滅多になかった――その頃までに、私は母の怒りを買わないふるまいをほぼマスターしていたのだ。それでも、彼女がお仕置きをするとなると、私が犯した過ちよりもはるかに深く流れる、憤激という太古の井戸から、怒りを汲み上げているかのようだった。私を叩きながら一緒に泣き叫び、思い知れ！と何度も何度も言っていた。私は、思い知るしかなかった。

「答えなさい」

「コブラーを食べてみたかったの」

「あんたにあげるって言った？」

「いいえ」

「他人のものを取ること、何ていうんだっけ？」

「盗み」

「あのコブラーは誰のもの？」

月曜日の出来事について、二人で話したことはなかったけれど、母は話したくないのだと、私は本能的に知っていた。それに普段から、母は私が質問すると苛立った。

「ええと……神様のもの」

母は目を丸くした。「ここで減らず口？」母がこちらに向かって歩いてきた。私は勝手口まで走り、背中をドアに押しつけた。家の中は怖いけれど、それでも外に出るよりはまだマシだろうと思った。

言葉が転がり落ちてきた。「違う、ママ。減らず口じゃないよ。ママは神様のために、コブラーを作ってるんでしょ」

「私が……？」ママはキッチンテーブルの椅子に、ドスンと腰を下ろした。「あんた、そんな風に……」彼女は音を立てた。笑っているのか、咳をしているのか、喉を詰まらせているのか、すべてがいっぺんに起こったような音だった。

「座りなさい」

私は母の向かいの椅子に座った。「あんたには事情が分からないこともあると思う」とママは言った。「まだ子どもだもんね、そりゃ分かんないよ。でも私は分かってる。何がベストなのか、分かってる。あんたにとって何がいいのか、私には分かってるの」

ママは手を伸ばすと、私の手の甲に触れた。そのぬくもりに舞い上がり、私は怒られていることを一瞬忘れた。

「でもひとつ言っとく。ニーリー牧師は、神様じゃないよ」と彼女は言った。「私の友達。だから、ここに来るの」。優しく触れられながら、柔らかく語られて、私の恐怖心は和らいだ。「でも、これは私以外の誰にも関係のない話」と続けても、声に宿った柔和さは残っている。この優しいママがもっと頻繁に現れてくれたらいいのに、と私は思った。

「私の言ってること、分かる？」

分からなかった。完全には。それでも、秘密を守れと言われていることは理解できた。「分かりました」と私は言った。

そして、秘密を守るのは容易《たやす》かった。そもそも打ち明ける相手がいるのか、それに相手が知りたいと思うかも謎だ。学校の外でクラスメイトと遊ぶことを許されなかった私は、仲間に入れそうな女子グループからも、見事に外れてしまっていた。街の中でも、私が住んでいた地域は、ほぼみんなが貧しかった。それでも、私がリサイクルショップで買ったサイズの合わない古着やボロボロの靴を身につけていたおかげで、他の女子が小学校の序列で最下位になることはなかった。

他の女子たち（ラターシャ・ウィルソンを除く）の暮らし向きは、私と大して変わらなかったけれど、少なくとも彼女たちの髪はほぼ毎日、ブラシで丁寧に分けられて、たっぷりオイルを馴染ませてポニーテールに結ばれ、バレットで留められていた。小綺麗で身なりが良いという社会的な価値は、決して私の手には届かない。バスルームの鏡の前で椅子の上に立ち、まとまらない大量の髪を頭のてっぺんでひとつに結ぼうと奮闘するたびに、明らかになった現実。そういうのは苦手って、母はいつも言っていた――彼女の髪はゆるいカールで整えやすい――私がようやく一人で髪をセットできるようになると、彼女はほっとしていた。

だから、ニーリー牧師のことを打ち明けられるような真の友人もいなかったし、母の私生活について話すのはもちろん、そもそも大人に長々と何かを言うこと自体――そんなこと、考えるだけで、胃がそわそわした。

たとえ母から秘密を守れと言われなくても、一〇歳の頃、ある月曜日に事件が起こり、私は決して誰にも話すものかと心に決めた。

五月下旬の暑い日、私はバス停から家まで歩いていた。うちの電気がまた止められてしまったので、風が通るように、家の窓はすべて開いていた。私が家に近づいた時、待ちに待った風が吹いて、寝室の窓のカーテンが持ち上がり、宙に浮いた。その時、私の目に飛び込んできたのは、丸出しになったニーリー牧師の巨大な尻だった。立ったまま母を突き、ドレッサーに押しつけている。

私が玄関に近づくと、カーテンはまだ風に躍っていて、ニーリー牧師の身体がさらによく見えた。あの太いソーセージのような指で、母の尻を摑んでいる。コブラーの粘ついたシロップが彼の指を覆い、母の身体から滴り落ちるさまを想像すると、私は彼が憎くてたまらなくなった。これはセックスだ。学校で人気の女子たちが、手で口を覆いながらクスクスと笑って話す行為。

それから一週間後に初潮がやって来て、母も私もショックを受けた。私は何が起こっているのか分からず、母も最初は「まだ子どもなのに、子どもなのに……」としか言わなかった。動揺と不安で崩れた母の表情と、股に挟まれた分厚いナプキンで、私は罰を受けた気分になった。

一一歳になる頃、私はニキビ全開で、Ｆカップのブラジャーをつけていた。胸の大きさを気にしていたのは私よりも母のほうで、隠しなさいといつも口うるさく言っていた。隠したところで、大きさは誤魔化せないのに。母がさらに離れていくような気がしたので、私から先に行動を起こした。寝室から出て、居間を乗っ取り、カウチで寝るようになった。

私が教会に行くのをやめた時、母は無理強いしなかった。

夜にゴミ箱を漁ってピーチ・コブラーを食べることはなくなったけれど、飢えた私の心は癒されていなかった。母の作りかたを忘れたくなくて、私は相変わらず、母が作る姿を観察していた。もしかしたら、自分でも作れるかもしれない。コブラーを作りたいから、桃を余分に買ってくれるか、母に尋ねたことがある。「私のキッチンで、あんたのままごとにつきあう金なんてないよ」が返事だった。

一四歳の頃、私はショッピングモールでバイトを見つけ、トム・マッキャンの靴店で働き始めた。桃なんて、自分で買ってやる。

母がタンカレーの瓶を抱えて寝室に閉じこもり、キッチンを空けている金曜日の夜に、私はコブラーを作った。手順も材料もまったく同じだったから、母のコブラーに負けない味がしたし、手づかみではなくお皿に載せて食べていたから、さらに美味しかった。週末には毎食、なくなるまでコブラーを食べた。いつも、空になった焼き型をシンクに浸け、温かい水の中にゆっくりと指を浸していた。私は素晴らしいものを作ったのだ。

一度だけ、母が私のコブラー作りに言及したことがある。ある金曜日の夜、母は寝室から出てくると、ぶかぶかのフランネルシャツを着てキッチンの戸口に立ち、ジンを手に私を見つめていた。アルコールで動作は遅くなり、彼女はよりゆったりと、より柔らかくなり、どういうわけか美しさを増していた。いつもお団子にしていた髪は背中まで垂れ、ゆるやかになびいていた。母は三〇代半ばだったけれど、まるで少女のようで、等身大の人形みたいだった。

「作りかたは心得てます、って態度だね。自分のこと、賢いと思ってるんでしょ。誰よりも頭がいいって」

私は背を向けて、クラストの生地をかき混ぜる作業に戻った。

母は私に向かって歩いて来た。ジンの匂いのする息が私にかかるまで、近づいて来た。「お勉強で賢いのと、生きかたが賢いのは、別物なんだ」と母は言った。「賢く生きられる子なら、私みたいになろうなんて、絶対に思わないはず」

私はニーリー牧師に自作のコブラーを味見してもらうところを想像した。でも、私たちはぎこちなく挨拶するだけで、言葉なんて交わさなかった。キッチンにいる時に彼がやって来れば、私は居間へと移動した。それでも、彼が私のコブラーを味見して、君のお母さんのよりも美味しい——世界一美味しい、なんて言うところを思い描いた。それと同時に、細かくすり潰したガラスを生地に練り込んだコブラーを出して、床にくずおれる牧師を眺めているところも夢想した。でもそれ以上に、私が美味しいコブラーを作れることを母に知ってもらいたい、誇らしく思ってほしい、という気持ちが勝った。何よりも、私はただ、母を求めていた。

一一年生になるまでに、男子を追い払うことにも疲れ、私は誘いに応じるようになっていた。それでも、学校の裏にあった公園で戯れていた男子の中に、私のピーチ・コブラーを食べる資格のある者はいなかった。往々にして、彼らはただ私の胸をいじりたかっただけで、私はただ触れられたいだけだった。

一一年生だった一月半ば、ある月曜日の夜に、ニーリー牧師が帰った後で、母は私がいる居間に入ってきた。胸が締めつけられるような感覚に襲われた。いつもは牧師が帰ると、私は母を見るに忍びなく、母も私とは一緒にいたくないようで、そのほうがはるかにマシだった。それでもその夜、母は私の隣に来てカウチに座ると、一枚の紙を差し出した。

「はい、ニーリー家の住所。毎週火曜日の放課後、よろしくね。家庭教師。トレヴァーは、数学が苦手なんだって」と母は言った。「あんたが上級クラスでもオールAを取ってること、彼に話したの。学校からあんたを家庭教師に推薦されたって、彼女には言い訳するってさ」

彼。そして彼女。母も私も、ニーリー牧師と妻の名前を出すつもりはなかった。

もちろん、その他にも私たちが口に出すつもりのないことはたくさんあった。

期待されているとおりに、私は黙っているつもりだった。いつものように。

あの豪邸を初めて訪れたあの火曜日、ノックする前にニーリー牧師夫人が玄関のドアを勢いよく開けた時、私は彼女が白人ではなく、黒人であることに気づいた。至近距離で見ると、彼女の唇はふっくらとしていて、鼻の幅は広かった。真っ直ぐに伸ばされた髪はポニーテールにゆるく束ねられていたけれど、そろそろお手入れが必要な様子だった。

「ハロー、オリヴィア！　マリリン・ニーリーよ」と彼女は言い、私を玄関ホールに案内してくれた。「ミズ・マリリンって呼んでね。あと、いいかしら」と言いながら、彼女は骨ばった腕で私を包み込むように抱き締めた。「私、ハグが大好きなの！」

彼女が氷の女王のような白人女性という、数年前の記憶に残っていた人物とは違うことに気づいて、私はこの家にいるのがさらに気まずくなった。かたくなっちゃだめと身体に言い聞かせ、私は悪いことをしていない、彼女を裏切っているのは私じゃない、と心に言い聞かせた。ハグのあいだ、彼女の背中に軽く触れると、肩甲骨が突き出ていた。それに比べて、自分は巨人みたいな気がした。彼女の骨を砕けるような気がした。たった一度のきつい抱擁で。たったひとつのきつい真実で。

そんな力を持っているところを想像しながら、ニーリー牧師の裸の尻を思い出し、母のことを考えていると、眩暈がしてきた。もしこの女性が、私の心を読むことができたら？　私はふらつき、倒れそうになった。

「あらあら、大丈夫？」ミズ・マリリンは、驚くほどの力強さで、私の肩を抱き締めた。両手には、大きなダイヤモンドの指輪が三つずつ輝いていた。

彼女は玄関ホールに置かれた小さなソファまで私を案内した。「この長椅子《セッティ》と私の家族は、五〇年の付き合いなの」と彼女は言った。「セッティはフランス語で『役立たずの椅子』という意味だって、パパがよく言っていたわ！」

彼女は自分のジョークに笑い、私も微笑もうとしたけれど、身体と同じように、唇も震えていた。「大丈夫、ちょっとふらっとしただけです。今日、ランチを抜いちゃったので」。まったくの嘘ではなかった。カフェテリアの食事は不味いし、私は同級生と一緒にいるよりも、本を読むのが好きだったので、ほぼ毎日ランチを抜いていたのだ。

ミズ・マリリンは手を叩いた。「さあ、ダイニングルームにどうぞ。美味しいおやつも用意しておいたわ。あなたとトレヴァーの勉強場所よ。トレヴァー！」彼女は二階に向かって叫んだ。

トレヴァー・ニーリーはフットボールのスター選手で、地元の私立校ウッドベリー・アカデミーの最高学年。大学進学を目指していた。母親に似てライトスキン、背が高くて細身だ。学校では女の子を選び放題だろう。家庭教師が自分よりも一歳下で、しかも女子なんて嫌だろうな、と私は思った。ただし、それを不満に思っていたとしても、彼は決して口には出さなかった。

ミズ・マリリンが私たちを引き合わせ、ダイニングの引き戸を閉めて出て行った後、トレヴァーは私の胸を無遠慮に見つめた。彼の灰色の目は、自信を湛えて輝いた。

私はミズ・マリリンが用意したトレイから、チキンサラダのフィンガー・サンドイッチを手に取り、食べながら言った。「それじゃあ……微分積分の準備クラスで何やってるか、見せてもらえる？」

でも、トレヴァーは相変わらず私の胸、私の目、そしてまた私の胸を見つめ続けていた。

「そう」と私は彼に言った。「私のおっぱい、大きいよね。巨乳。爆乳。激乳。あなたは確かに格好いいよ。でも、そんな目で見つめたって、私には通用しないから。さあ、ふざけてないで勉強しよう」

トレヴァーは笑った、完璧な歯を見せながら。「いいね」と彼は言った。「その感じ、嫌いじゃない」

彼は最後のテストを見せてくれた。六九点取っている。二人で三〇分ほど間違いを見直したところで、彼は休憩したいと言った。サンドイッチを食べ、コーラを飲む。トレヴァーにまた見つめられて、今度は思わず目を逸らしてしまった。確かに彼は魅力的だ。

「ファット・ボーイズの新しいビデオ、見た？　ビーチ・ボーイズと一緒にやってるやつ」

「『Wipeout（ワイプアウト）』〔一九八七年のヒット曲〕？」

「そうそう。イカれてるよなあ」と彼は笑って言った。

「ラジオで曲は聴いたけど、まだビデオは見てない」

「え？　ＭＴＶでは一日に五〇回くらい流れてるけど」

「うちにケーブルないもん」

「ケーブル、ないの？」

私は肩をすくめた。

「でも、『コスビー・ショー』は見てるだろ」

「うん。誰がムカつくって、ヴァネッサ。すっごくイラつくんだけど！」

「あれを見てると、ひとりっ子で良かったと思う」

「私も。でも、デニースならいい。彼女は素敵」

「すっげえ綺麗だよなあ。でも妹にはしたくない。罪を犯しちゃうから！」

二人で声を上げて笑い、それから沈黙が続いた。ダイニング・テーブルの上、私の手はトレヴァーの手の近くに置かれていた。彼の指は、むっちりとしたソーセージみたいな父親の指とは似ても似つかない。長くて細くて、私の中に入ったら？　彼が私の中に入ったらどんな感じ？

なんて考えてしまった。彼と最後まで行ったら？　私がまだ経験していないこと。思い浮かべてみる。トレヴァーと私、丸裸で絡み合い、揉んでみたり、吸ってみたり。彼のお母さんのクリスタル・シャンデリアの下、ダイニングテーブルの上で。それを考えると、また気分が悪くなった。今度はみぞおちの辺り。「欲望で吐きそう」。この言葉が頭の中で、油のように黒くぬらついた文字になり、一週間前にスーパーで買った三文小説のページから立ちあがった。

　私はその瞬間に、強烈な欲望がいかに人を溺れさせ、どん底まで沈めることができるかを悟った。

　私は目を閉じ、妄想を払いのけ、自分を水面まで引き戻した。

　その夜、帰宅すると、私はミズ・マリリンから渡された現金入りの封筒を取り出し、母が皿洗いしている横のキッチンカウンターにさりげなく置いた。それから居間に向かった。

「どうだった？」と、母が背後から呼びかけた。

　私は振り返らず、立ち止まった。どうだった？　どうだったって？　本気で言ってる？　自分の母親が毎週ファックしてる牧師の妻と息子と過ごしたらどうなるか、言わなくても分かるでしょ？

「まあ、ね」と、私は背を向けたまま言った。

「それだけ？　まあねって？」

「はい」

「ほら、これ。あんたの」

私は振り返った。母が封筒を差し出している。

「いや、いらないです」

「いいから」と彼女は言った。封筒を振っている。私はため息をつき、それを受け取った。

「座って」。私はテーブルに着き、母は向かいに座った。「どんな家だったか、教えて」

「ええと……大きかった。それから……古くて高そうな家具がたくさん」

母は顔をしかめた。「それから？　彼女は？」

「彼女がどうしたって？」

「ちょっと。生意気な口きくんじゃないよ」

「そんなつもりはないけど、ただ……ママが私に何を言ってほしいのか、分からなくて」。私は肩をすくめた。どういうわけか、ミズ・マリリンとトレヴァーに奇妙な忠誠心を感じた。私たちの誰も、こんな状況を望んだわけじゃないのだ。

「いい人だったよ」

「それから……？」

「それから……何だろう。白人じゃなかった」

「白人だと思ってたの？」と母は笑った、大きく、しわがれた声で。「いやねえ、ライトスキンなだけよ。あの人、自分が色黒なもんだから、色白の女性が好みなの、ありがちよね」。母はミズ・マリリンよりもほんの少し色が黒いだけだった。私は母よりも肌の色が濃かったけれど、ニーリー牧師ほどは黒くない。また気持ちが悪くなってきた。この日、三度目だ。もしかして、ニーリー牧師が私のお父さん？　父については、知らないほうがいい人、としか母から聞かされていない。

私の心を読んだかのように、母は言った。「あんたの父親そっくり。真夜中みたいに真っ黒なのに、ライトスキンの黒人の女と、白人の女をノンストップで追いかけ回してた」

「もう、いいですか？」

母は残念そうな顔をした。「TVディナー、作っといたよ」

「ありがとう、でも今、お腹空いてない」

「あっちで食べたの？」

「サンドイッチを少し」

「どんな？」

私は言いたいことをグッと飲み込んだ。たかがサンドイッチで問いつめられるなんて、信じられなかった。さっさとシャワーを浴びたい。「チキンサラダ」

「それから？」

「コーラ」

「何、それだけ？」

「そう、それだけ」と私は言った。「もういいですか？」

母は手を振って私を追い払った。

その夜から幾夜も、家庭教師をしていた数か月のあいだ、トレヴァーは私の夢の中に現れては消えていった。じゃれ合った男子を好きになったり、遠くから男子に思いを寄せたりしたこともある。でも、トレヴァーが初めて本気で好きになった男子だった。その大きくて、好奇心いっぱいの瞳。丸い鼻先。厚い唇。口元は、いつだって楽しそうに大小の笑みを浮かべていた。彼に口づけたかった。毎週火曜日、彼にキスするチャンスが訪れた。私に送られてくるまなざしから察するに、彼も同じ気持ちなのは間違いない。それでも、数学の教科書の上で頭をつき合わせた時、私が自分に許したのは、彼から放たれるヘアオイルと石鹼、汗が甘く交じりあった香りを嗅ぐことだけだった。ごくたまに、一秒を超えて目が合うと、トレヴァーは満足げに微笑んだ。そして私は、欲望と理不尽な罪悪感が入り混じった気持ちでいっぱいになった。私の母と彼の父親がしていることについて、トレヴァーは私を責められない。もちろん彼に話すつもりはなかったけれど、それでも私が知っているのに、彼が知らないというのは、なんだかいけないことのような気がした。だからといって、私に何ができる？

　こんな状況から、私は神に対する理解を固めた。神は自分の創造物が振り回され、閉じ込められ、悲劇に巻き込まれるのを面白がっている、ひねくれた人形つかいなのだ。

　お互いを意識しながらも、トレヴァーと私はいつだって勉強に意識を戻し、私がそこにいる理由に立ち戻った。彼は数学でいい成績を取りたくて、私は彼に成績を上げてほしかった。そうすれば彼は卒業できるし、私はユダの代理みたいな気分でミズ・マリリンを毎週ハグしないですむし、ターキーサンドやスロッピー・ジョー〔ミートソースをバンズで挟んだサンドイッチ〕、コーンドッグの報告で、母を苛立たせることもなくなる。とはいえ、罪悪感も込みで、彼との時間を恋しく思うだろう。

家庭教師をした火曜日のうち四回は、ニーリー牧師を避けることができたけれど、五回目の火曜日、私がベルを鳴らすと、彼がドアを開けた。私は後ずさりした。口がかわいて、挨拶も返せなかった。

ニーリー牧師はにっこりと笑い、献金で信徒にするように、私に手を差し伸べた。私はその太いソーセージみたいな指を見下ろし、胃が飛び出しそうになった。彼は手を下げて真顔に戻ったけれど、その声は明るかった。「さあ、入って。オリヴィア……だね？」

「はい、そうです」

私は途中まで玄関に足を踏み入れながらも、片方の足はドアのそばに置いたまま、背を向けて逃げたらどうなるかを想像した。

トレヴァーが弾むように階段を下りてきた。最後の段で凍ったように立ち止まると、怪訝そうに目を細めて父親を見た。「母さんは？」

「キャサリンおばさんの様子を見に行ってる。最近、体調が悪いようでね」

「へえ」とトレヴァーは言った。最後の段から動かない。

「まあ、母さんはいないが、いつもどおりにやりなさい」とニーリー牧師はトレヴァーに言った。「私は下の書斎にいるから」

トレヴァーはニーリー牧師がいなくなるのを待ってから、玄関ホールまで下りてきた。

「中まで入りなよ」と彼は言った。「今にも逃げ出しそうだけど。大丈夫？」

「うん」と私は答えた。「どうして大丈夫じゃないと思うの？」

「親父に怖気づく人もいるから。君も怯えたような顔してるし」

本心を見透かされないよう願いながら、私はなんとか笑い声を上げた。「私が？　怯えてる？　勘弁して。怯えたような顔してたのはそっちだよ」

トレヴァーは顔を少し赤らめ、うつむいた。「こんな早い時間に親父が家にいて、びっくりしただけだって」

そんな言い訳、私は信じなかった。それでも、彼に微笑みかけられたので、忘れてあげることにした。

ダイニングテーブルの上には、ミズ・マリリンが作ったグリルドチーズ・サンドイッチがホイルに包まれて置いてあった。

トレヴァーはサンドイッチに大きくかぶりついた。

「世界一のシェフってわけじゃないけど、母さんのグリルドチーズは美味いよ」

私も一口食べてみた。サンドイッチはバターがきいていて、美味しかった。「これ、美味《おい》――」と言いかけたところで、トレヴァーが私にのしかかり、唇を重ね、その身体の圧で、私の身体はテーブルに押しつけられた。

私は口の中に残っていたサンドイッチを飲み込むと、トレヴァーにキスを返した。彼はその手を私のシャツの下に滑り込ませ、乳房を包み込んだ。私はうめき声を上げ、テーブルに手をついて身体を支えた。

トレヴァーは、私のブラのホックを外そうと、背中に手を回した。「だめ！」と私は囁いた。「だめだよ。お父さんが……」

「……いるのは書斎だ」

「うん、でも……」

トレヴァーは両手を上げ、後ろに下がった。「君の言う通りだろうな」

彼が怒っていないことに安堵して、私は息をついたけれど、同時に心の中で喜びの叫び声を上げ、頭の中では既にキスを再生していた。

「股間パンパンに膨らませたまま、ここに座って多項式を解けって？」とトレヴァーは言った。わざとらしく股を大きく開いて、自分の椅子まで歩いていく。

「ちょっと、ふざけすぎ」と私は受け流した。

あの日以来、私たちは軽くいちゃついてから、勉強を始めるようになった。ミズ・マリリンが様子を見に来るとしても、しばらく経ってからだと分かっていたからだ。不思議なことに、トレヴァーとじゃれあうことで、彼とミズ・マリリンに対する罪悪感は薄れていった。少なくとも数分のあいだは、お互いの親のことも忘れて、私はただ好きな男子とキスする女子でいられた。シンプルだった。

四月の末、ミズ・マリリンは六〇歳になった。「今日は私の誕生日！」ドアを開けて私を招き入れながら、彼女は言った。

「ハッピー・バースデー！」と私は言った。

「今日で六〇歳。もう若くないわねえ！」と彼女はくすくす笑った。「あのね、トレヴァーは奇跡の子、私の人生を変えた子なの……」。トレヴァーは玄関ホールにやって来たけれど、話題を聞いて踵を返した。ミズ・マリリンは手を伸ばし、彼を引き戻した。

「私が母になるのは神の思し召しではないと思っていたんだけれど、四三歳で可愛い男の子を授かった」と言いながら、彼女はトレヴァーを勢いよく抱き締めた。

「ママ、ちょっと、やめてくれよ」とトレヴァーは身をよじって逃げた。「勉強しなきゃいけないんだから」

「はいはい、分かりました」とミズ・マリリンは言った。「それじゃあ、学者さん二人には、お勉強してもらいましょう」

ダイニングで、トレヴァーが私にキスしようとした。「だめ！」と私は鋭く囁き、彼を押しのけた。私は彼に背を向けて、涙を拭いた。

「分かったよ……」と彼は言った。「毎月恒例のあの日かな」

「ふざけんな」

トレヴァーは首を振った。私たちは腰を下ろし、彼が小テストで間違えた問題を復習した。それから彼は宿題を始め、分からない箇所に当たると手を止めて質問した。しばらくしてから、私は荷物をまとめて帰ろうとした。

「何してんだよ？」とトレヴァーは腕時計を見た。「まだ一五分残ってる」

「へえ、きっちり時間計るようになったんだ」と私はきつく言い返した。

「いや、俺はただ……」トレヴァーはしょげた顔をした。「ただ、六番で質問があったから」

私はため息をついて、バッグを床に置き、椅子に座りなおした。「あのさ」と私は言った。「お母さんがハグしたいっていうなら、させてあげて。思いやりを持ちなよ」

翌週、私が到着すると、トレヴァーがドアを開けた。パブリック・エネミーのTシャツを着て、バスケの短パンを穿いている。「俺は意識の高いアスリート」というメッセージ。そんな彼に怒り続けるなんて、無理だった。

私は家の中に入った。「ミズ・マリリンは？」

「親父と病院に行った。伯母の容態が悪くて」。その声は震えていて、彼は咳をするふりをしてごまかした。

「それは大変。持ち直しますように」

「うん」とトレヴァーは応えた。「もうだめかもしれないって、母さんが言ってるのを聞いた。心臓が弱ってるんだ。伯母を囲んで祈るんだって。それで元気になるのかって話だけど」

「お祈り、信じてないの？」

トレヴァーは私を見た。「俺はPKだ。もちろん、祈りの力は信じてる」。彼の声からは、皮肉が滴り落ちていた。

「PKって？」

「プリーチャーズ・キッド、牧師の子ども。みんな知ってると思ってた」

「まあ、そうじゃなかったってことで」

私たちはその場に立ったまま、見つめ合っていた。

「誰にも話したことはないんだけど」と私は言った。「私も祈りの力とか、信じてない」

トレヴァーは半笑いを浮かべながら、首を振った。「君にはたくさん秘密があるんだろうな」

「秘密を守るのは得意だからね」

トレヴァーは私に向かって手を伸ばし、私は彼に手を差し出した。

二階の寝室で、トレヴァーはラジカセにカセットを入れ、再生ボタンを押した。キース・スウェットが「Make It Last Forever」を情緒豊かにやさしく歌う中、私たちはキスをし、服を脱がせ合った。

「わあ」。私のブラが外れ、パンティが脱げると、彼が声を上げた。すぐに、彼の手があちこちをまさぐった。この時ばかりは、恥ずかしさや煩わしさを感じなかった。力を得たような気がした。

私はトレヴァーをベッドに押し戻し、彼の上にまたがった。動くたびに、乳房が彼の顔をかすめた。

「やったこと、ある?」と彼は尋ねた。

「ううん。ある?」

答えが一瞬遅れたから、本人が何を言おうと、未経験なのだと分かった。彼は正直に答えた。それから二人で試行錯誤しながら、コンドームをつけた。

トレヴァーは私の脚のあいだに入り込み、目を閉じた。何を考えているんだろう、と私は思った。彼の父親と自分の母親のことは考えないようにした。彼が私の中に入ると、焼けるような痛みが私を襲い、涙がこぼれた。新鮮な痛みによる涙と、過去の根深い傷からくる涙が、一緒に流れた。

「やめてほしい？」とトレヴァーは尋ねた。まだ腰を動かしている。

やめてほしいとは、まったく思わなかった。

ことを終えた後、私たちはコンドームを外すという危険な作業を完了した。妊娠の心配や、行為の最中には食い止められていた不測の事態に関する恐怖心が、一気に蘇ってきた。母には殺されるだろう。そしてミズ・マリリン……彼女がどれほど動揺し、失望するかなんて、考えたくもなかった。トレヴァーが同じことを考えていたとしても、態度には表さなかった。彼はただ、私たちの頭の下にある枕の位置を直し、横になり、私に微笑みかけた。

私は片方の肘をついて身体を支えた。「もう下に戻ったほうがいいよね？　ご両親、いつ帰って来てもおかしくないし」

「あの人たち、数時間は祈るから。大丈夫」

そこで私は、彼の隣の枕に身体を預けて、天井を見つめた。「で？　これからどうするの？」

「良くなかった？」

「ええと、そういう話じゃなくて……分かんない。変な感じ。喜びと罪の意識を同時に経験するなんて」

「親父なら、俺たちがやったことは明らかな過ち、罪だって言うだろうな。姦淫だって」

「それ、信じる？」

彼は肩をすくめた。

「神を信じてる？」

彼はまた肩をすくめた。

「ずっと長いあいだ、あなたのお父さんのこと、神様だと思ってた」と私は言った。

「うん。俺もそうだった」

それから、トレヴァーは片方の手を私に、もう片方をコンドームに伸ばした。

その数日後、ミズ・マリリンの姉は亡くなった。私は次に家を訪れた時、ミズ・マリリンにお手製のピーチ・コブラーを持って行った。ニーリー牧師の不在を願っていた私は、彼がいなかったことに胸を撫で下ろした。これが最後の家庭教師。トレヴァーは期末テストを受けたら、卒業式に出て、アトランタのモアハウス大学に行く。

「お姉さん、お気の毒でした」と私は言った。

「ありがとう」とミズ・マリリンは言った。「姉は安らかに眠っているわ」

ミズ・マリリンの目は、泣いて赤くなっていた。フルメイクしていない彼女の顔を見るのは初めてだったし、彼女の髪は結ばれていなくて、ちょっとボサボサだった。それでも、私がコブラーを見せると、彼女は両手を叩いた。「わあ、すごい！　あまりに綺麗で食べるのがもったいないくらい！　と言いつつ、いただきますけどね。トレヴァー！」

ミズ・マリリンが私のコブラーについて話しながら、お姉さんが作るリンゴのコブラーが美味しかったと思い出を語り、「お姉さん安らかに」と言っているあいだに、私はホールのテーブルの上に置かれている新しい額入りの写真に気づいた。写真の中で、トレヴァーはタキシードを着ていて、シーフォームグリーン〔グリーンとブルーの中間色〕のプロム・ドレスを着たライトスキンの美しい女子に腕を回していた。彼女のメイクは完璧で、髪はつやつやの巻き毛に仕上げられている。二人はウェディングケーキの飾りみたいに、ポーズを取って、がちがちに固くなっていた。

「――とっておきのお皿とカトラリー。特別なお菓子には、特別な食器を使わなきゃ。あ、トレヴァーとモニカ、お似合いでしょう?」私が写真を見つめているのに気づくと、ミズ・マリリンは尋ねた。「彼女の家の裏庭で撮ったのよ。コールドウェルさんはヒルクレストに美しい邸宅を持っているの。写真を撮るには申し分のない場所ね」

ヒルクレストに住んで、ウッドベリー・アカデミーに通う女の子。この娘の母親は、トレヴァーの父親と一〇年以上ファックしているような女ではない。

「はい」と私は言った。「完璧ですね」

ダイニングルームで、私は一口を飲み込むのがやっとだったけれど、ミズ・マリリンとトレヴァーはコブラーにかぶりついた。二人とも、今まで食べた中で一番美味しいと言った。ミズ・マリリンは、一口食べるたびに目を閉じていた。私もこの素敵なひとときに浸ろうとしたけれど、私にその価値はなかった。そもそも場違いなのだ。私はぴかぴかの家を汚している。トレヴァーは最初の一皿を食べ終えると、皿を脇に押しのけ、焼き型から直接食べた。私はフォークで彼を刺したくなった。トレヴァーはこちらを盗み見ながら、その目で私に問いかけてきた。二人が勉強できるようミズ・マリリンが席を外すと、トレヴァーは宿題を見せてと言う私を遮った。「大丈夫?」

「余計なお世話」

「え、妊娠したの?」

「は? 違うよ!」必要以上に声を張り上げてしまった。

「じゃあ何——」

「何でもない。さあ、宿題を見直そう」

何があったのか、言ってくれないんだ?」

何があったのかって? 私、何を期待してたんだろう?

セックスしたからって、プロムに連れて行ってくれると思ってた? 彼女《ガールフレンド》がいるとは聞いていなかったけれど、私も確認しなかったし。彼は私に借りなんてない。誰も私に、借りなんてないのだ。

「彼女がいるなんて、知らなかった」

「えっ」とトレヴァーは言った。「ああ」

ああ? それだけ? ああって?

それからの四〇分は、一年のように感じられた。トレヴァーは宿題を終えた。私は内容を確認して、彼が間違えたところを二人で見直した。私は発言を最小限に抑えた。緩慢な重い口調で話す自分の声は、別人のものみたいだった。

時間がきたので、私は帰ろうとバッグを掴んだ。

「待って」とトレヴァーは言った。彼は立ち上がり、私を引き寄せた。

「放して」と私は彼を押しのけた。

トレヴァーは肩をすくめた。「分かった。君がそれでいいなら」

私は、どうしたかった？

私は、他人の秘密から解放されたかった。「うん」と私は応えた。「これでいい」

玄関ホールで、ミズ・マリリンが洗った焼き型と最後の給料袋を渡してくれた。「ボーナスつきよ！」と彼女は言うと、私を抱き締めた。外に出ようとすると、呼び止められた。「いつでも遊びに来てね。秋になったら、大きくて古いこの家も、寂しくなるから」

「はい」。もう二度と訪れることはないと知りながら、私は言った。

道に出てミズ・マリリンの視界から外れた途端、私は駆けだした。私は走り、帰りのバスの中ではずっと泣いていた。

家に駆け込むと、母はキッチンで食料品をしまっていた。

「どうだった――」

「こんなもの、くれてやる！」私は彼女の胸に向かって封筒を投げつけた。彼女は手を上げて身を庇うと、封筒は彼女の足元に落ちた。私は空の焼き型を床に落とし、部屋の反対側まで思い切り蹴とばした。焼き型は、コンロの下部に叩きつけられた。

「ちょっと、何があったのか知らないけど――」

「あいつの金なんていらないし、この家にも二度と入れないで！」

母の笑い声は、乾いていて、軽蔑に満ちていた。彼女は部屋を横切り、私に詰め寄った。「誰のお金で、この家にいられると思ってんの？　最後に電気を止められたの、いつだったか覚えてる？　水道は？　思い出せないでしょ？　嫌だとか文句言ってないで、彼に感謝しなさいよ」

私は首を振った。「いやだ。あの人は自分の妻を裏切って、私を自分の家族に会わせたんだよ、感謝なんて、絶対にするもんか」と私は言った。「ホームレスになったほうがマシだったけど、それでも私が宿無しにならないように、何年も彼とファックしてくれたこと、ママには感謝すべきなんだろうね」

母は手を上げて、私の口元を思い切り平手打ちし、その勢いで私の足元はふらついた。私が叩き返そうとすると、彼女は私の手を見上げた。「やるならやれば」と母は言った。「思い切り殴ってみな。その後は、とっとと出ていって」

私は拳を作った。「なんで私まで巻き込んだの？」涙が頬を伝った。母は私が振り上げた手から目を離さない。「私を見て！」と私は叫んだ。でも、彼女は絶対に見ようとしなかった。

「断ればよかったでしょ」と母は呟いた。「断れたって、本気で思ってる？　選択の余地なんてなかったじゃん。私のせいにしないでよ！」

母はまた私をぴしゃりと叩いた。「舐めた口、きくんじゃないよ！」

私もまた拳を振り上げた。「ニーリー牧師が、ママの作るコブラーを喉に詰まらせて、くたばりますように」

「オリヴィア、いい加減にしなさい！　見苦しいふるまいは、神に嫌われるよ」

「神について、私に説教する資格なんてないくせに。ママがいちばん見苦しいんだから。ママとニーリー牧師。最悪」。私は肩で息をして、涙を止めたいのに止められなかった。「だからママ、もう心配しなくて大丈夫」と私は言った。「ママみたいになりたいなんて、絶対に思わないから。誓ってあげる、まるっきり違う人生を送ってやるって。甘い生活をして、人のおこぼれなんてもらわないから」

それから、私は拳を下ろした。こうしているうちに、どこにも行き場がないことに気づいたのだ。

降雪

SNOWFALL

「黒人の女が雪かきなんてするもんじゃない」

膝まで雪に埋もれながら、ロンダは呟く。それでも、やらなきゃいけない。夜どおし大雪が降ると、私たちは日が昇る前に起きて服を着替え、雪かきをする。自動車《ホンダ》に積もった雪を落とし、隣人から転倒事故で訴えられないように道を除雪して、それでも時間通りに仕事に行く。

でも、ロンダの気持ちは分かる。何でもできると思われている私たちだけれど、雪かきには向いていない。雪や氷を移動して、車のフロントガラスの雪を取り除く時、どんなに分厚い手袋をしても、手がかじかんでしまう。どんなブーツを履いても、寒さで足の感覚がなくなる。どれだけ重ね着して、防水加工のパンツを穿いても、身を切るような冷気は防げない。頬にしみるような寒さを感じる。それに、どれだけ雪かきしても、身体は温まらない。心が寒くなるだけだ。

認めたくはないけれど、雪は美しい。粉雪が裸の枝の上にうっすらと積もると、ふわふわで、綿のようで、無垢な雰囲気。問題は、雪がもたらす作業だ。

それでも私は、車のトランクに積もった雪を真っ直ぐに拭い取りながら言う。「私たちだけかもよ。この街で生まれ育った黒人女性はみんな……まあ、そんな多くはないだろうけど……みんなは慣れてるんじゃないかな。私たちにとっては、ここに来て初めての冬だし。きっとそのうち……」

「何でも細かく分析する必要はないんだよ、アーリーサ」とロンダは私道の端にある氷の塊を削りながら言う。彼女が私に怒っている時、私はアーリーサと呼ばれる。それ以外はリーリーで、基本はそう呼ばれている。私たちはおおむね、物事を分析したい私の欲求と、明快な言葉で簡潔さを保ちたい彼女の欲求という空間のあいだに生きている。

私たちは今、何の気なしに始まった寝際のお喋りを経た朝、という空間に生きている。私は何時間も眠れず天井を見上げていた挙句にまた寝坊してしまい、ロンダはまた雪と氷の大半を片付ける破目になった、という空間に生きている。私が寝返りを打ち、あと五分だけ寝かせてと頼んだ三回目、ロンダからの返事はなかった。ようやく目を覚ますと、ロンダが私道の氷の塊を砕く音が聞こえてきた。寝室の窓から、私は作業する彼女の姿を眺めていた。スカルキャップがドレッドロックスにぴったりとフィットし、背中まで伸びた髪には、雪片がちらほらと舞い降りている。その細い腕は、驚くほど力強く、氷を叩いていた。

私は車のボンネットに積もった雪の塊を払い落とし、スクレーパーをトランクに戻す。ロンダももうすぐ、氷を削り終える。

昨夏、私が大学の教職を得て、二人でここに越してきた時にも、雪が降る地域だということは知っていた。でも、雪が私たちの日常生活にこれほど大きな影響を与えるとは思ってもいなかった。どちらもまだ雪道の運転を完全にはマスターしていないし、Uber の運転手《ドライバー》にも当たり外れがある。だから私たちは食料品を買い込み、晴れた日にできるだけ多くの用事を済ませている。

でも、問題は雪だけではない。凍てつく寒さのせいで、『ジ・オフィス』のエピソードを一気見し、タイ料理のデリバリーを頼んでしまう。極寒の屋外にいると、ちょっと不機嫌になり、暖房のきいた場所に移ることだけを考えてしまう。

二人ともジョージア州とフロリダ州という、あたたかい場所で生まれ育った。かつて私たちの祖先を奴隷にした人々を祖先に持つ白人住民の気さくな態度、恭しい微笑み、優雅なふるまいにも、あたたかさが残っている。南部では、天候のせいで涙が出ることはなく、通りかかった見知らぬ人たちのがほんの一瞬、あなたを心配するような顔をすることもない。風のせいです、と言いたいけれど、すぐにすれ違ってしまうから、そんな時間はない。南部では、天候が骨身に染みることもなければ、寝ているあいだに階段や歩道、私道、車に降り積もった雪を取り除くために、三〇分早起きする必要もない。

でも、南部にはハリケーンが来るでしょう、と言われる。確かにそうだけれど、毎日のように来るわけでも、一年の四分の一ちかく続くわけでもない。

私たちがここの人たちに南部出身だと言うと、十中八九同じ言葉が返ってくる。「太陽が恋しいでしょう」。ロンダも私も、当たり前のように日の光を浴び、お気楽に自動車通勤していた日々を恋しく思っている。でも、私たちが心から恋しく思っているのは、母や祖母、叔母たち（血縁があろうがなかろうが関係ない）の笑い声と抱擁だ。ダイニングルームにあった大きなオーク材のテーブルが恋しい。七〇年代と八〇年代に子ども時代を過ごした私たちは、そこでバナナプディングを何杯もおかわりしていた。同席していた大人たちは、まるで私たちがいないかのように、あの娘は太ったとか、子どもたちをネタにお喋りしていた。カウンターに置かれたテレビから流れる『ヤング・アンド・ザ・レストレス』のドラマを見ながら、さやいんげんを割ったり、エンドウ豆の皮をむいたりと、キッチンのテーブルで手伝いをした日々が恋しい。みんながヴィクター・ニューマンを愛し、ジル・フォスターを憎み、ミス・チャンセラーと彼女の持つダイヤモンドやシャンデリアの輝きを羨んでいたのも懐かしい思い出。

　木の洗濯ばさみで服を干していた、彼女たちの茶色い腕が恋しい。大きな瓶に入れた茶葉を裏庭のピクニック・テーブルの上に置き、昼のあいだじゅう日の光を当てて作ったサン・ティーが恋しい。そこに砂糖をたっぷり入れて、夕方になると、自家製のフライドチキンと一緒に楽しんでいた。夜になると、アイロンがけされたシーツ、三世代にわたり愛用されてきたブランケットに覆われた柔らかすぎるマットレスの四柱式ベッドで、彼女たちと一緒に寝転がっていた、あの日々が恋しい。鎮痛消炎剤《アブソーバイン・ジュニア》の匂いがしみ込んだ彼女たちの部屋着《ハウスコート》が恋しい。そこには、その日の朝、教会に行く前にアトマイザーから噴霧した香水《ホワイトショルダー》の香りもほのかに混ざっていたっけ。ベッドの中で手を繋いで、『ダラス』、『ダイナスティ』、『ノッツ・ランディング』、『ファルコン・クレスト』といったお気に入りのテレビドラマを見ながら、彼女たちの皮膚に刻まれた柔らかな皺をなぞっていた、あの頃が恋しい。

　彼女たちの笑いに満ちた、くつろいだ付き合いが恋しい。彼女たちの友情は一生もので、当てにならない夫たちや、恩知らずな子どもたちとの関係よりも長続きした。アルマがジョーの浮気現場をおさえ、彼が戦争から持ち帰った軍刀でその頭を殴ったけれど、ジョーは病院で「誰に殴られたか分からない」と妻を庇ったことも思い出になった。九人の子どものうち七人が薬物に侵されてしまったために、薬の瓶を靴の中に隠さなければ盗まれかねなかった時期だって、友情は乗り越えた。自分たちのことは棚に上げて、あらゆる人々を批判していたような彼女たちが恋しい。でも、あの批判めいた態度は、ベイ・ストリートの中国人医師が何も訊かずに出してくれた、神経の薬のせいだったのかもしれない。金曜日にはウイスキーをこっそり楽しみながら、日曜日になると臆面もなくイエスを求めていた彼女たちが恋しい。

彼女たちが入れていた一本の金歯を恋しく思う。若い頃はどんな女性だったんだろう、と私たちの興味を掻き立ててくれた。

レンガの上に置いた洗い桶に入れられ、庭に用意された即席の焚き火の上で、真っ赤に茹でられたアオガニが恋しい。洗い桶は大釜のようで、岩塩と唐辛子《カイエン》をたっぷり含んだお湯が泡立ち、激しく動くなか、スパイスを詰めた袋、半分に切った玉ねぎ、ピーマンが、ジャガイモやトウモロコシとともに表面に浮かんでいた。彼女たちが魔女のように大釜の周りに立ち、妙薬をかき混ぜていたあの姿が恋しい。鼻先に汗を滲ませ、手から手首に煙を絡ませながら、彼女たちは長い柄のスプーンを振り回し、激しくもがくカニを死へと追いやっていた。

彼女たちがイースターのドレスやパウンドケーキを作り、道なきところに道を作ってくれた、あの頃を恋しく思う。

でも、お互いを選んだ時、私たちはすべてを失った。思い出だけが残った。だからこそ、育った場所は違っても、二人が寝る前の会話は、「覚えてる？　あの頃……」という言葉で始まる。私たちはノスタルジアに浸りながら、暗闇の中で横たわり、何にも邪魔されずに懐古の情だけを抱いている。今ではもう、お互いの入る余地すらない。

＊

私が育ったフロリダの小さな街でも、一度だけ雪が降った。一九八九年。私は大学の冬休みで実家に帰っていた。幼馴染のトーニャに会いに行っていると、母が私を心配してトーニャの家まで電話をかけてきた。天気予報を見たかと尋ねられた。見ていなかった。雪と凍結の予報が出ていると母に言われ、私は笑って、お酒でも飲んでるの？　と尋ねた。

母は不満そうにため息をついた。「ちょっと、真面目な話をしてるのよ。この天気を軽く見ちゃだめ。メイレッタの家の近所では、みんな雪交じりの凍った道路で運転なんてしたことないから、車があちこちでスリップしてるんだって。帰りにチャーチズ・チキンで二ピース・セット買ってきてって頼んでいたけど、寄らずに真っ直ぐ帰ってらっしゃい」

「了解です」

でももちろん、私は言うことを聞かなかった。

私はさらに一時間トーニャの家にいた。後で聞いた話だけれど、母は電話をかけ直したのに、どうやらトーニャのママが通話中で、割り込み電話《コールウェイティング》の機能もなかった。ようやく電話が繋がった時、私はもう帰途についていた。もちろん、これは携帯電話が普及する前の話だ。だから、私が家に着くなり、母は騒ぎ始めた。

「あんたがどこかの溝にはまって死んでるんじゃないかと思って、こっちは気が気じゃなかったんだから！」

私がチャーチズ・チキンの袋を差し出すと、彼女は宇宙人でも見るような顔で紙袋に目をやった。

「言ったでしょ――」

「分かってる」と私は返した。「でも、トーニャの家からチャーチズ、チャーチズから家までの道は大丈夫だったの。それにママ、すごくチキンが食べたそうだったし。全部チキンウィングにしたよ」。私はもう一度、彼女に紙袋を差し出した。「それから、ママの大好きなホットペッパーも忘れてないからね」

母はお気に入りの肘掛け椅子に座り込むと、笑い泣きした。私を膝の上に乗せ、ゆりかごのように揺らした。私は母と同じくらい大きかったから、滑稽な光景だったに違いない。

「リーリー、この世界で、私にはあなたしかいないのよ」と母は言った。「あなたに何かあったらって、考えただけでも……」ずっと、母と私しかいなかった。母は結婚しなかったし、私が知っている限りは、デートに出かけることもなかった。私の父は子どもを望まなかった、少なくとも私のことは。母によれば、彼には妻子がいて、私が生まれる前に母が家族で通っていた教会で執事《ディーコン》をしていたという。四一歳の時――「もう若くないのに！」――神があなたを授けてくださった、と母は言っていた。神は間違いを犯さないとも。母に愛されていることは分かっていた。いつも仕事をふたつかけもちして、私に必要なもののすべて、欲しいもののほとんどを手に入れられるよう、犠牲を払ってくれていたことも知っていた。電気代の支払いにも四苦八苦していたというのに、私が五歳の頃、ディズニー・ワールドに連れて行ってくれた。母が二番目の仕事で稼ぐ年収は、私の大学の学費と同額だったけれど、それでも折に触れて、一〇ドルの郵便為替を送ってくれた。だから私は、どうしてもチキンを買ってあげたかった。彼女は自分のことなど顧みず、私のためにすべてを捧げてくれたのだから。

でも、夏場に掛けるキルトの布団のように、母の愛は息苦しいものだった。季節が変わって失ってしまうまでは、鬱陶しくて、ありがたみに気づかない類の愛だ。

当時、トーニャがただの友達以上の存在だと知ったら、母が私を愛し続けてくれるかどうか分からなかった。そして私も、それを確かめようとはしなかった。

＊

ロンダと私にも、この街に黒人女性の友達がいないわけではない。フェイス、ステイシー、メラニー、ケリー。でも、仲がいいことと、歴史を共有していることは違う、骨と骨髄が違うように。ここにいる友人たちは、この鉄鋼と寒空の街は、私たちの故郷よりも優れていて安全だと言う。みんな南部といえば、南部連合旗や視野の狭い田舎者《レッドネック》の白人たち、金のグリル〔歯につけるアクセサリー〕

を歯につけて女性をネタに低俗なラップをするガサツな男たちを思い浮かべる。私たちの故郷としては見ていない。

夜、二人でベッドに横になり、「覚えてる？　あの頃」と昔を思い出す時、ロンダも故郷を見てはいない。琥珀の中で凍りついた遺物のように、セピア色に染まった瞬間と人々を見ているだけだ。使い古したアルバムを棚に戻すかのように。ＴＶランドで懐かしの『グッド・タイムズ』を観た後、テレビを消すかのように。彼女はいとも簡単に眠りにつく。湧き上がってくる思考と格闘する私をひとり残して。

昨日の夜は、私の思考が勝った。私は天井を見つめ、ベッドに横たわる母のことを考えた。彼女の世界では、キルトの布団とポータブル・ヒーターがあれば冬を越せる。最後に母と話したのは一〇月だ。その時も、お互いが生きているかを確認する程度だった。婦人会のフィッシュフライの話や、母が教会の「女性の日」で買った帽子の話をした。それから、近所のお年寄りの息子が、ドラッグの取引で三度目の刑務所行きになったこと。私が大学での仕事を気に入っているか（答えはイエス）。その後、いつもの緊張が戻り、私たちはお互いが抱えていた後悔の念――電話をかけたことと、電話に出たこと――を痛いほど感じるのだった。

こうしてごくたまに喋る時でも、母は決してロンダのことは尋ねない。私は天井を見つめながら、母がミス・メイレッタや他の友達に私たちのことを話す時、ロンダのことを「娘がインターネットで出会った女性」なんて言っているのかな、と考えた。母はロンダの名前を知っている。私が教えた。私は自分のすべてを打ち明けた。母は知らなかったと言い張っていたけれど、しつこく質問してきたじゃないか。長年にわたって絶え間なく続いた質問は、男の子たちのこと。存在しない彼らは、電話もかけてこず、私をプロムにも連れて行かず、母に娘を恥じる別の理由を与えてはくれなかった。

母はロンダの名前を知っていたけれど、決して口にしようとしなかった。決して会おうともしなかった。私の魂のために祈ること以外、何もしようとしなかった。二度と戻らないと心に決めて、八か月前に生家を出ようとした私の背中に、母が鋭い言葉を浴びせた。「インターネットで知り合った女性と駆け落ちですか。そんな風に育てた覚えはないのにね」

「リーリー、この世界で、私にはあなたしかいないのよ……」

私なしで、どうやって母の世界は回り続けられたのだろう? 回っていなかったのかもしれない。もしかしたら、母もベッドに横になり、気を揉みながら、私のことを考えていたのかもしれない。そうだったのかもしれない。

ロンダは一〇代で母親に家を追い出された。二人は二〇年も口をきいていない。ロンダはしばらく友人の家を転々とした後、一八歳になり、都会に引っ越して郵便局で働き始めた。アパートでひとり暮らしできるようお金を貯めて、歓迎されない場所には決して留まらないと誓った。出会った頃、私たちは三〇歳で、彼女はマイホームを買ったばかりだった。お互いの街を行き来する関係を二、三年続けていると、私が今の大学で職を得た。一緒に引っ越してほしいと言うと、彼女は快諾してくれた。

「リーリー、あなたが家《ホーム》なんだよ」と彼女はよく言っていた。最初は意味が分からなかった。でも、分かった。ここに引っ越してきた時、彼女の言う通りかもしれないと思った。私たちにとって必要な家とは、お互いの存在だけなのだと信じた。穏やかな夏の終わりから、木の葉が赤と黄金に染まる美しい秋のあいだじゅう、私はそう信じていた。

そして昨晩、一時間ほど天井を見つめた後で、私はいつもなら決してやらないことをやった。ロンダを起こしたのだ。そして尋ねた。「二人で南部、故郷に戻ること、考えたりする?」

今年の初め、ロンダは従姉妹に言われた。ロンダの母親は、娘について尋ねられるたびに、どこかで野垂れ死にしているだろうと答えていると。ロンダが元気にやっていることは、従姉妹が伝えていたというのに。

暗闇の中でロンダの顔は見えなかったけれど、続く静寂の中で私は彼女が眠りの霧から抜け出そうと瞬きしている姿を思い浮かべた。それから彼女は言った。「アーリーサ、家がどこにあるかは、もう話したでしょ。私にとっての家」

そしてすぐに、私はそんな質問をしたことをひどく後悔した。

*

ロンダはスコップを家の側面に立てかけ、雪かきした私道と歩道に塩を撒く。私は暖かい車の中で彼女を待つ。車が一台しかなく、公共交通機関も貧弱なため、私は裁判所で事務員として働く彼女を仕事場まで送り、それから大学に出勤する。金曜日に私が受け持っている「ブラック・

フェミニズム」は午後の講義なので、採点や準備に数時間を割くことができる。

ロンダは塩を撒き終えると、助手席に乗り込む。私が彼女のドレッドヘアについたわずかな雪片をそっと取り除くと、それは私の手の温もりでとけていく。私に触れられて彼女は身を強張らせたのか、それが私の思い過ごしなのか、どちらかは分からない。私道からバックで車を出すあいだの彼女の沈黙が、私の気のせいではないことを仄めかす。

「天気予報によると、また吹雪になるらしいよ」と私は言う。「これがあと何週間続くんだろうね？」

「グラウンドホッグ〔大型のリス科の一種で、ウッドチャックの別名。天気占いの行事で使われ、その動きで春の到来を予想する〕にでも訊いてみたら」とロンダは言う。

近所の急な坂道をゆっくりと下っていく。ブレーキがきかなくなって、一時停止の標識をそのまま突っ切ってしまうのが怖い。さらに怖いのが他の車だ。おそらく地元民だろう。こんな日でも、ほとんどスピードを落とさない。道路が除雪されれば、何でもありの無秩序状態。ここにずっと住んでいると、ただの黒い道路と黒氷《ブラック・アイス》を区別して運転できるだけの自信が付くのだろう。ロンダと私は、そこまで自信を持てるだけの経験を積んでいない。でももちろん、地元民はそれを知らない。私たちの運転が遅いと感じると、後ろにぴったりとつけてきたり、クラクションを鳴らしたり、乱暴に追い抜いたりする。「私たちは地元民ではありません。どうぞご理解ください」と書いて後ろの窓に貼りたい。

ロンダはただ、「クソどもが」と言いながら、私たちを追い越していく彼らに中指を立てる。

でも、今日の車の中で、罵り言葉の出番はない。無礼なドライバーが通り過ぎ、クラクションを鳴らしても、ロンダは何も言わない。裁判所の前で、彼女が車から降りる前に、私はキスをしようと身を乗り出したけれど、かすかに唇が触れただけで、彼女は行ってしまう。ベッドの上で、キスと思い出話以外のことをしなくなって、もうどれくらい経つだろう？

でも、どれだけ軽くても、キスはキスだ。故郷ではしなかったこと——できなかったこと——をここでやるたびに、それを心に留めてリストにしてしまう癖を、私はやめられるのだろうか。そのリストが、十分な長さになることはあるのだろうか。私の満足できる長さに。

キャンパスにつくと、駐車スペースのいくつかに雪が積まれていて、車を駐める場所を探すのがいつもより難しい。結局、研究室《オフィス》から二ブロック離れた並木道に車を駐める。寒さを覚悟して、車のドアを開ける。

車から降りると、私は一瞬にして足を滑らせ、転ぶ。お尻が氷の上に叩きつけられ、肩と背中は車の下部にこすりつけられる。車のドアに視界を遮られ、誰かに見られている？　と私は真っ先に思う。でも、見られたいかどうかは分からない。

冷気が防水のパンツに染み込み、腰から肩にかけて痛みが走る。立ち上がりたいけれど、また滑って転ぶのが怖い。人々が歩く音や、車が通り過ぎる音が聞こえる。声をかけることもできる。助けを呼ぶこともできる。空を見上げると、頭上の枝と同じ灰色をしている。枝は積もった雪の重みでたわみ、私に向かって曲がっている。

数年、いや、もしかしたら一〇年ぶりかもしれない思いがはっきりと頭に浮かび、心を摑む。母が恋しい。

携帯電話が車の後部座席に置いたバッグの中に入っていなければ、今この瞬間、母に電話していただろう。かつては私の心の拠り所だった母。今はもう違うけれど。

あちこちが痛む。立ち上がったら、さらに痛むだろう。研究室までの二ブロックを歩くことを考えるだけでも、身がすくんでしまう。それから自分に言い聞かせる、あんた大げさだよと。ほら、立って、立ち上がって。これを頭の中で繰り返し、膝立ちになるまで小声で唱え続ける。やっとの思いで運転席に戻り、ドアを思い切り閉める。エンジンをかけ、暖房をつける。私はすすり泣いているけれど、他人の泣き声を聞いているみたいだ。軽い手術から目覚め、それが自分だとは気づかずに、そばで泣きじゃくっている女性がいると苛立っていた、あの時のよう。後ろに手を伸ばしてバッグを取ろうとすると身体が痛むけれど、それでも頑張る。電話を取り出し、母の番号を出す。通話ボタンをいつでも押せる状態で、いつまでも座っている。でもそれから、最新の着信をスクロールして、ロンダの名前をタップする。彼女が出る前に泣きやもうと思ったけれど、涙が止まらない。

「リーリー、ベイビー、落ち着いて、ゆっくり」と彼女は言う。「何て言ってるのか分からないよ、どうしたの？」

「雪なんて大嫌い！」

「うんうん……」

「雪が嫌い。冬が嫌い。この街が嫌い！　ここにいたくないよ」

沈黙。ロンダがため息をつく。「どこに行きたいの？」

「え……分かんない」

「分かってると思うけど」

「滑ったの」

「え？」

「車から降りる時、滑って転んだの。私は大丈夫だけど……もう少しで、母に電話するところだった」

沈黙。それからロンダが言う。「それができるなんて、いいご身分だよね」

母に電話したいという衝動は、あくまで反射的なものだったことを説明したい。あなたも私の家《ホーム》で、私の拠り所で、私はあなたのものだと、ロンダに伝えたい。

でも何を言っても、私には母がいるという特権は変わらない。その気になれば電話できるし、母も電話に出てくれる。見知らぬ人に対するような、ささやかな慰めと、気遣いの言葉をくれるかもしれない。少なくとも、私にはそれができる。ロンダにはできない。

「リーリー、本当に大丈夫なら」とロンダは言う。「私、仕事に戻らなきゃ」

また涙が出て、目に染みる。「大丈夫、うん」

通話が切れて、私は電話をバッグに戻す。今度は凍った箇所を避けながら、痛みをこらえて再び車から降りる。研究室までの道はそこまで悪くなかったけれど、背中と肩で痣が脈打つのを感じる。

授業が始まるまでにタイレノールを三錠飲んで、普段のように立って講義はせず、一番前の椅子に座って乗り切る。いつもより一拍動きが遅いような気がする。それでも、教室にいる一二人の女子学生と二人の男子学生は気づいていないようだ。散々な一日の中で、あなたたちが唯一の光明なのだと伝える。不気味に思われるのは分かっているけれど、それでも言いたかった。

仕事が終わり、ロンダは車に乗り込むと、具合はどうかと私に尋ねる。私は大丈夫と答え、私たちはラッシュアワーの渋滞の中をゆっくりと走る。

「リーリー……さっきは、ごめん。『それができるなんて、いいご身分だよね』なんてさ」

「大丈夫、ベイビー、分かってる」

「大丈夫じゃないよ。いくら私の……誰かが私を傷つけたからって、私があなたを傷つけていいことにはならないし、あなたが望むような形で支えてあげられない言い訳にはならない」

何と言っていいか分からない。家の近所まで来ると、雪が激しく降り始める。私は車を私道に駐め、再び痛みを堪えながらゆっくりと車から降りる。足元が安定すると、ロンダが車のキーを持ったまま、運転席側のドアの横に立っているのに気づく。

「二階に行ってて。ちょっと出かけてくる」と彼女は言う。

「どこ行くの？　雪降ってるよ」

「分かってる。大丈夫だから」

「でも、どこへ行くの？」

ロンダは首を振る。「さっさと家に入って、お風呂で温まって。ね？」

私は家に入り、バスタブにお湯を張り、気にしないように努める。うちのバスタブは、私たちが子どもの頃、家にあったかぎ爪足のタイプだ。ロンダは、私がこの家を選んだのはこのバスタブのためだと思っているけれど、確かにそうかもしれない。ここよりも望ましい地域に、もっと良い状態の家はあったけれど、かぎ爪足のバスタブがあったのは、この家だけだ。私は身を沈め、背中と肩をお湯に浸しながら、まぶたを閉じる。

初雪の夜、ロンダもこんな気持ちだったのだろう。私は雪の中を運転していて、彼女は家で心配していた。あの日、彼女は仕事を休んで家に残り、コンセントの交換に来た電気技師の作業に立ち会っていた。雪と事故で道は大渋滞、私が家に着いた頃には、すっかり暗くなっていた。ロンダは、私の無事を確認するために電話で話し続けるか、私の気が散らないよう電話を切るかで迷っていた。でもその後、私の電話の充電が切れて、そのジレンマは解消した。

今、フルに充電された私の電話は、バスタブの横の床に置かれている。

気を紛らわせようと、私は幼い頃に興じた遊びをする。手に石鹸をつけ、「オーケー」のサインをした指を吹き口の代わりにして、シャボン玉を吹く。背中と肩の痛みが和らいでいく。石鹸の残りかすと一緒に、痛みがお湯の中に消えていくところを思い浮かべる。

やがて私はうとうとと居眠りをする。目を覚ましてはお湯を足し、電話を確認する。ある時点で、ロンダからのショートメールが届く。「これから帰る」。私は返事をする。「愛してる」。返信はない。

再び目を覚ますと、ロンダがバスタブの横に立ち、私がパジャマ代わりにしているオーバーサイズのTシャツを持っている。

「その背中、熊と戦って……負けましたって感じ。さあ、出て」と彼女は言う。「下に用意してるものがあるから」。彼女は着替えていた。ここに越してきてからはまったく出番のなかった、ストラップレスのサンドレス。私は身体を拭き、彼女の後について階下に降りる。

見る前に、匂いで分かる。まずは胡椒が鼻をくすぐり、それから玉ねぎ、ピーマン、オールドベイ・シーズニング、ザタランズの蟹茹で用調味料《シーズニング》と、芳しい香りが広がる。

床とカウンターには、スーパーの袋が散乱している。キッチンのテーブルは、新聞紙で覆われている。ロンダが店で買ってきたのだろう。私の母も、裏庭のピクニック・テーブルに敷けるよう、古新聞を捨てずに取っておいていた。それから、母のテーブルと同じように、溶かしバターの入った小さなボウルと、ルイジアナ・ホットソースの瓶、そしてスウィート・ティーのピッチャーもある。

コンロにかけられた深鍋は、勢いよく沸き立つ真っ赤なお湯で満たされている。ズワイガニの足、ジャガイモ、トウモロコシでいっぱいの、荒れ狂う小さな海だ。

以前、新鮮なシーフードが大人気のホーリーズで生きたワタリガニを買おうとしたこともある。でも、入荷は月曜日の早朝で、数分のうちに売り切れてしまう。

私はロンダに向き直る。彼女は微笑み、両手を大きく広げる。「冷凍だけど、冬の憂鬱を吹き飛ばす最高の薬だよ」

ちょうどその時、ロンダのiPodから流れてくる曲に気づく。DJジャジー・ジェフ&ザ・フレッシュ・プリンスの「Summertime」だ。私はツーステップしながらロンダの腕に抱かれる。蟹が茹で上がり、塩気のある湿った空気で顔がじっとりとするまで、私たちはお互いをくるくると回しながら、キッチンのあちこちで踊る。

ロンダはアルミの平鍋に蟹を入れ、テーブルの中央に置く。私はスウィート・ティーを注ぐ。「私の許可なんて必要ないけどさ」と言いながら、ロンダもテーブルにつく。「あなたがお母さんに電話しても、私は気にしないから。私に気を遣って電話しないとか、そういうのはやめてね。もしかして、お母さんに会いたいんじゃない？　ゆっくり会いに行ってきたらいいよ。お母さん、たまに電話してくるってことは、今でも心の中にあなたのためのスペースを残しているってことだろうし」

彼女の言葉の底に、諦めや自己憐憫の気配を感じ取ろうとするけれど、いつものように、ロンダは本心しか口にしない。

「ベイビー」と私は言う。「母が私のために残しているスペースに、二人は入れないよ」

ロンダは頷き、私たちは食事を始める。

外では雪がデッキを覆っている。雪は朝まで降り続くだろう。そして明日、私たちはまた雪かきに追われるだろう。

物理学者との愛し合いかた

HOW TO MAKE LOVE TO A PHYSICIST

物理学者と、どうやって愛し合う？　円周率の日に愛し合おう。円周率は定数であり、無理数でもあるから――でも、そのための準備は数か月前から始まる。まずはＳＴＥＡＭのカンファレンスで顔見知りにならなければ。中学校の美術教師として、Ａ（アート）が存在感を示し、科学《S》、技術《T》、工学《E》、数学《M》という巨人たちの中に埋もれていないことを確認するために出席するのだ。それでも、黒人女性であるあなたは、カンファレンスに出た時の常で、「黒人を数えよう」ゲームに興じてしまう。数百人が参加したカンファレンスで、彼は一二人目の黒人。カンファレンス初日、あなたはコンベンション・センターのエスカレーターを上りながら、下りてくる彼の姿に目を留める。彼がＳＴＥＡＭのどの文字を代表しているのか、あなたは推理を働かせる。その顔と短いドレッドヘアは、「詩人」にも見えれば、「高校の数学教師」にも見える。

　カンファレンスの二日目、「アーツ・インテグレーションと世界市民の育成」と題された分科会セッションで、あなたは再び彼の姿を見かける。セッションが始まる前に、彼はプレゼンター――一三人目の黒人女性――とお喋りをしている。漏れ聞こえる会話の内容から察するに、二人は九〇年代初頭にアトランタの大学で知り合ったようだ。それぞれの出身校に共通の知人も多い。

カンファレンスが終わるまでに、また会って話そうなんて言っている。彼女は結婚指輪をしているが、彼はしていないことに、あなたは気づく。

分科会セッションを出ようとした時、彼はあなたの視線に気づく。彼の笑顔は輝いている。あなたも微笑み返す。彼はあなたに歩み寄り、手を伸ばして自己紹介する。彼は「エリック・ターマン」と言ったのに、あなたは「エリック・サーモン」だと勘違いする。あなたは目を見開き、この人は奇妙で不可解なジョークでも言っているのだろうかと考えながら、目を細める。

「いや、エリック・ターマンだ」と、彼は笑いながら繰り返す。「ＥＰＭＤのメンバーじゃないよ」

「了解」とあなたは言う。「私はライラ・ジェイムズ。リック・ジェイムズと勘違いしないでね」

エリックは静かに笑う。「でも、夜空でとりわけ明るく輝く星を持つ、琴座《ライラ》にはよく間違われるんだろ？」

褒め言葉に意表を突かれたあなたは、驚きをうまく隠せない。「それで、あなたは……科学の先生？」

彼は科学の先生でもなければ、詩人でもない。物理学者で、アメリカ物理学会の教育プログラム委員会の委員長だ。

あなたは「アーツ・インテグレーションと世界市民の育成」について、軽くお喋りする。カンファレンスに来た理由を尋ねられ、中学校で美術（彫刻、版画、絵画、ファイバーアート、陶芸）を教えているから、と答える。ランチの席でもっと詳しく話してくれないか、と彼に言われ、あなたは彼とランチを共にする。それから会話はディナーにまで及び、あなたはアメリカ物理学会の教育プログラム委員長の仕事内容を知る。その後はカンファレンス会場のホテルのバーで酒を酌み交わしながら、さらにロビーのソファでもお喋りを続ける。五本の指に入ると思うMCをお互いに挙げ、ナンバーワンはスカーフェイスかラキムかで、議論を闘わせる。

彼の豊かな睫毛、大きな手、右眉の横にある小さな傷に、あなたは気づく。彼がキャスケットを数回持ち上げて頭を掻いた時に垣間見えた短いドレッドは、きちんと手入れされ、しっかりと潤っている。

彼は自分の仕事について語る。生活費を賄う仕事。宇宙物理学や宇宙学の理論を構築し、理論検証のための研究を行っているという。「副業で宇宙飛行士を目指してるんだけど、NASAからの折り返し電話、かかってこないんだよなあ」と彼は肩をすくめる。「君は?」

「私?」とあなたは尋ね返す。「あ、私の仕事はひとつだけ」

「じゃあ、君の夢は?」

あなたは深呼吸をして、夢を語る。「レブロン・ジェイムズが始めた学校、知ってる? ああいう学校をやりたいの。全国にたくさん作りたい。でもまずは、家族全体の支援に焦点を合わせた学校をひとつ作りたい。そこが鍵になると思うから。分かってくれるよね?」

彼は分かってくれる。いつのまにか、時刻は真夜中を過ぎていて、二人ともまだカンファレンスのストラップをつけたまま、一緒に公教育の問題をすべて解決しようとしている。とはいえ、制度的人種差別の撤廃や、学校の運営資金にまつわる現行制度の改革、数十億ドルの確保には力が及ばない。エリックは電話を取り出し、いくつか計算をして、あなたが推薦した芸術家や芸術作品、書籍や公立学校支援プログラムなどをメモする。彼は好奇心旺盛で、聞き上手だ。

午前二時一三分、彼は言う。「君と話していると、清々しい気分になる」。あなた自身は清々しさとはかけ離れた気分。バーで飲んだフレンチ75のせいで、眠気に襲われている。それにもう二時一三分だ。それでも、あなたは彼に話し続けてほしいと思っている。〝彼の話をもっと聞いていたい。部屋に誘ってみる？　いや、早すぎるだろう〟彼は連続殺人鬼ではないだろうが、心配しているのはそこじゃない。そういう類の女性だとは思われたくないのだ。なってはいけないとお母さんに忠告されていた類の女性に。あなたはその言いつけを守ってきた。もう四二歳だというのに。

〝朝食に誘ってみる？　いや、おこがましい〟

ひとり葛藤している最中に、あなたは遠い目をしていたのだろう。彼は言う。「もう休んだほうがいいね。君と話せて、本当に楽しかった」

こうして二人は立ち上がり、体を伸ばす。それでも、その場で立ち尽くし、見つめ合い、離れようとしない。

「おこがましいかもしれないけれど」と彼は切り出す。「朝食を一緒に、どうかな？」

物理学者と、どうやって愛し合う？　カンファレンスを終えた帰りの飛行機で、あなたは二人の共通点を挙げていく。

・なぜまだ独身なのかと尋ねられるのに嫌気がさしている。
・世の子どもたちのことは気にかけているが、自分の子どもは欲しくない。
・好きな季節は秋。
・タイラー・ペリーのファンではないし、ファンになれとしつこい人たちにウンザリしている。
・ド近眼で、子どもの頃はずっとからかわれていた（「そんな分厚いメガネなら、未来も見えるんだろうな」と何度もジョークにされていた）。
・初代のヴィヴおばさん〔『ベルエアのフレッシュ・プリンス（Fresh Prince of Bel Air）』に登場するフレッシュ・プリンスことウィル・スミスの叔母〕がお気に入り。
・プリンスかマイケル・ジャクソンなら、プリンスを取る。

カンファレンスの期間中、あなたは彼と食事をし、何時間も話し込んだが、多くのことを言い残した。高校時代の恋人、大学時代の恋人、大学院時代の恋人のこと。男性に選ばれ、あなたもその関係に数年を捧げたけれど、彼らと一緒にいても心からくつろげなかったこと――セラピストの助けで、ようやく言葉にすることができた感覚だ。こうした男たちがあなたと別れ、生まれたままの身体をありのままに受け入れている、自信に満ちた、より美しい女性たちのもとに走ったことも、あなたは彼に伝えなかった。

陳腐で月並みに聞こえるけれど、あなたは芸術を通したほうが楽に話せる。それも彼には言わなかった。絵画やスケッチを額に入れてプレゼントしたり、自分の家に飾ったり。でも最近は、生徒たちの教育に全力投球している。そのほうが安全だから。この数十年のあいだに、結婚や出産で仲の良い女友達を次々と失い、友人との付き合いは子どもたちの誕生パーティや、ごく稀に企画される女同士の夜遊びくらいになってしまったことも、あなたは彼に話さなかった。

オンライン・デートでたまに男性と遊んだり、真剣に付き合っている彼女《ガールフレンド》がいない時の幼なじみと戯れあったりする以外は、性行為のない生活をしていることも、彼には話していない。

どうして会ったばかりの男性にそんなことを言う必要があるのか、後でセラピストに訊かれるだろう。確かにそうだけれど、自分は警告や免責事項が必要な女性なのかもしれないという以外、あなたは答えを見つけられない。

もしエリックが、あなたが言わずにいたことのごく一部でも言わずにいたとしても、かなりの量になっただろう。飛行機が着陸する前に、あなたは結論を下す。本当の彼を知ることはないだろうし、彼が誠実だったのかも分からないと。手荷物受取所で、あなたは思う。あの場で盛り上がっただけで、彼はいつもの生活に戻り、自分のことなどすっかり忘れてしまうはずだと。だからこちらも忘れたほうがいいと。こうしてあなたは、彼の電話番号を消去する。

その夜、あなたは帰宅してベッドに入ると、数学科と科学科の同僚宛に、来年度は一緒に何かやりたいと、熱い長文メールを送る。

物理学者と、どうやって愛し合う？ あなたは木炭《チャコール》を取り出し、記憶を頼りに彼の顔をスケッチする。セラピストに彼のことを話し、彼はあなたを忘れていなかったのに、彼からの電話には出ず、彼のショートメールも「既読スルー」にしていると語る。こういうことは苦手なのだ。

「こういうことって？」とセラピストは尋ねる。

「男性関係のこと。絶対にうまくいかないから」

「でも、あなたは彼の顔をスケッチして、彼のことを私に話した。どうして？」

「すごく楽しかったから。でも、それだけのこと」

「じゃあ、どうして彼はまだあなたに連絡してくるの？」

「律儀だから」

「ガール、いい加減にして」と言うかのようにセラピストが首を傾げる時は、厳しい質問が飛んでくる合図だ。彼女は尋ねる。「素敵なことが始まるかもしれないのに、こうやってまた自分から諦めてしまうの？」

物理学者と、どうやって愛し合う？　あなたは彼のメッセージを読み続ける、返信はしないくせに。それでも彼はひるまず、何週間もショートメールを送り続ける。元気かい、なんて尋ねながら、自分の近況や活動を報告する。彼は芸術と科学のサマーキャンプと、家族向け保養プログラムを理事会に提案した。インスピレーションをありがとう、と彼はあなたにお礼を言う。

ある日曜日、あなたが教会の後にお母さんの家で夕食をとっていると、彼は「史上最高に美しい光線の分散」というキャプション付きで、深い橙と赤に染まる夕焼けの写真を送ってくる。自分でも気づかぬうちに顔がほころび、「どうして笑ってるの？」とあなたはお母さんに尋ねられる。その声は、興味深いというよりも、不審そうだ。お母さんが自分の笑顔を見るのはいつ以来だろう、とあなたは考える。毎週、一〇人前はありそうな残り物を娘に持たせるくせに、いつになったら男性との出会いを求めて痩せるのか、なんて質問してくる。

学校に戻り、新年度の教室の準備をしていると、教員用郵便室の郵便受けにエリックからの小包が届いている。どうして勤務先を知っているのだろうとあなたは不思議に思ったけれど、カンファレンスのストラップに学校の名前が印刷されていたことを思い出す。彼が送ってきたのは、『オーバービュー——宇宙から見たちっぽけな地球のすごい景色（*Overview: A New Perspective of Earth*）』。人間が地球をどのように変えてきたかをテーマに、高解像度の美しい衛星写真が二〇〇枚以上も掲載されている。写真集のタイトルは、「オーバービュー効果」に由来する。宇宙飛行士が地球全体を見下ろした時、畏敬の念を覚えるほどに圧倒され、世界観をも変えてしまうほどの感覚のことだ。綿密に計画されたフロリダ郊外のコミュニティは、上空から眺めると、色とりどりのモザイクを織りなしている。退役した軍用機や政府専用機がデビスモンサン空軍基地に並ぶさまは、ネイティブ・アメリカンの矢じりのコレクションにも似ている。オランダのチューリップ畑は、ファイバーアートのよう。

あなたはその本を学級文庫の目立つ場所に飾る。エリックには、「本をありがとう。とても素敵」とショートメールを送る。それから、サマーキャンプの企画が全額資金援助で承認されたという、彼の最後のショートメールに返信する。「資金獲得、おめでとう！」とあなたが書くと、「どういたしまして！　それから、ありがとう」という返信が彼から届く。

その夜、あなたは『オーバービュー』を隅から隅まで読む。翌日の夜には、絵を描き始める。夜更かしをして、絵を描くリズムを取り戻す。

週末になり、あなたは彼に電話する。そもそもショートメールのやりとりは苦手だし、そろそろ電話してもいい頃だと思ったのだ。彼はすぐ電話に出る。なぜこんなにも時間がかかったのかなんて尋ねない。彼はあなたからの連絡を喜んでいる。そして二人とも、感情を迸《ほとばし》らせる。

あなたは話す。彼のサマーキャンプの企画について、お互いの夕食のメニューや、週末の予定について。新しいトニ・モリスンのドキュメンタリーについて、モリスンがそれぞれにとってどんな意味を持つかについて。あなたは喪失の体験についても語る。

ビデオ通話のおかげで、あなたは毎日会話を続け、バーチャル・デートを繰り返す。これまでにあなたがリアルで経験してきたどんなデートよりも楽しい。一緒にテレビ番組を一気見したり、料理したり、ワインを飲んだり、洗濯をするお互いの姿を眺めたり。昼から夜まで、そして夜が朝になるまで話し続ける。

ときどき、夜明け前に目を覚ますと、彼はまだそこにいて、彼の寝顔が電話の画面いっぱいに映し出されていることもある。そこであなたはまたリラックスして、彼の寝息と呼吸を合わせ、眠りに落ちていく。

物理学者と、どうやって愛し合う？ 神を信じているか、彼に訊いてみて。科学と信仰の折り合いをつけることは可能か、彼に質問してほしい。「無から何かを生み出すことはできないと教えているのだから、物理学の原理は神の概念を支持している」と彼は言う。「この世界がずっと存在していて、ビッグバンもなければ、宇宙の始まりもないと信じていない限り、何かがこの世を作り出しているはずだ。どんなメカニズムかは分からないけれど、何か崇高な力があるんだろう。すべてのエネルギーには、起源があるはずなんだ」

「へえ。あなたのこと、無神論者だと思ってた」

「アインシュタインだって、無神論者ではなかった」と彼は言う。「いつも神の話をしていたよ。彼はただ、人間の営みに関与する神を信じていなかっただけ。教会はそこにばかりこだわって、罪悪感や羞恥心を使ってキリスト教を押しつける」

「人間がお互いや環境にどう接しているか、神は気にしていないと思ってる?」

「そこはいちばん大切なところだと思っているよ。でも、人間には教会の範疇を超えて倫理的な行動をする力があると思う。僕は聖書を熟読した。多くのことが、翻訳と解釈にかかっている。僕はカトリックで育ったし、あの儀式も大好きだ。でも、人間と私的な関係を持つ神を信じる必要はないと思うようになった。僕の場合はね」

「それじゃあ、天国は?」とあなたは尋ねる。本当は、地獄について尋ねたいのだけれど。

「天国がどうしたって?」

天国——地獄を避けて、天国に行くこと——が、正しく生きることの本質なのでしょう? あなたのお母さんは、審判の日について、最後に天国の門をくぐることを許される者たちについて、憧れをもって語る。神が自分と同じ判断をすると確信しているのだ。「ごく限られた人だけなのよ」と彼女は口癖のように言う。「品行方正に生きる者だけが、神の御顔を見ることができる」

そしてあなたは気づく、もし神がすべての人を天国に迎え入れるのならば、お母さんはすぐさまキリスト教を捨てるだろうと。

善と悪、褒美と罰についてのおとぎ話を繰り返すかのような口調にならず、エリックの質問にどう答えたらいいのか、あなたには分からない。

あなたはしばらく口をつぐみ、この状況を飲み込もうとする。お母さんのこと、彼女がしがみついている小さな神について考える。あなたが唯一知っていて、手放すことを恐れている神。それからあなたは、エリックとの毎日の電話が儀式のようなものであり、待ちに待った再会の瞬間は聖別式のようなものになり得るだろうと考える。その予感に、あなたは興奮を覚えながらも恐れをなす。信仰といえば、自分が与えられる以上のものを求められる経験しかないから、怖くなってしまうのだ。

「この地上で、天国を味わうこともできるんでしょうね」とあなたは言う。

「僕は味わっているよ」とエリックは言う。「君の笑顔を見るたび、君の生徒の話を聞くたびに。それから、君が絵を描いている時や……タオルを畳んでいる時でも」

「天国は、タオルを畳んでいる私？」

「ああ……もしかしたら、シーツを畳んでいる君かも。奇跡はあらゆるところに存在する」

物理学者と、どうやって愛し合う？　春に地元のギャラリーで開かれる初めての個展に、あなたは彼を招待する。『オーバービュー』やジャラール・ウッディーン・ルーミー〔一三世紀ペルシャの神秘主義詩人〕の詩、コーランのほか、再読したトニ・モリスンの『ソロモンの歌』からインスピレーションを得て描いた色彩豊かな抽象画が並ぶ個展になるだろう。あなたはルーミーの『精神的マスナヴィー（*The Masnavi*）』から一節を拝借し、「愛について私が語るあらゆること」というタイトルを個展につける。あなたは今、これまで以上に絵を描いている。

個展まで三か月もあるのに、あなたはお母さんがギャラリーを歩き回りながら、「これは何のつもりなのかしら」と小声でぼやく姿を思い浮かべている。あなたが実家で暮らしていた頃、彼女が寝室兼アトリエにいきなり入ってきた時のように。あなたは自分の作品を額に入れてお母さんにプレゼントしたことはない。香水や宝石だけを贈っていた。

母を個展に招かないのはいけないことかと、あなたはセラピストに尋ねる。彼女はあなたの質問に、質問で答える。「あなたはお母さんに来てほしいの？」

「本音を言えば、答えはノー」

「それなら、呼ばなくていいのよ」

あなたは黙り込み、しばらくしてセラピストは言う。「私の答えを聞いて、どんな気持ち？」

「すごく怖い」

「何が怖いの？」

「何もかもが」

物理学者と、どうやって愛し合う？　あなたは彼とのセックスを夢見るようになる。あまりに事細かな夢を。人生で初めて、あなたはセックスを渇望する。人生で初めて、あなたは男性の身体に興味を持ち、彼の上や下で自分がどんな感覚を抱くのかに興味を持つ。

でもそれから、あなたはこれまでに経験してきたセックスを思い出し、セックスの最中は消え入りたいような気分でいたことを思い出す。あなたはお腹や太腿が気になって仕方なくて、他の誰かになりたいと願いながら、男性も同じように思っているのではないかと考えていた。あなたにとってセックスとは、単に触れられるための手段でしかなかった。あなたが心から望んでいたのは、愛撫だけだった。でも、男たちはいつだって、それ以上を求める。

エリックも他の男たちと同じように、やがてそれ以上を求めてくるだろう。あなたが与えられる以上のものを。そして、自分をその気にさせたあなたに失望し、おそらく嫌悪感を抱くはずだ。だからあなたは、これまで生きてきた中でも、とりわけつらい行動に出る。彼の電話番号を消去し、そして今回はブロックする。

物理学者と、どうやって愛し合う？　家庭の躾なんて忘れてしまおう。お母さんに着けなさいと言われてきた、あなたのお腹、お尻、太腿、自由を抑えつけるガードルなんて、捨ててしまおう。何かが揺れるなんて、とんでもない。柔らかい、束縛を解かれた身体なんてけしからんと、教えられてきたけれど。

裸で寝よう。

どれもがセラピストのアイディアだ。あなたはまず、訝しんで抵抗する。でも、とりあえずやってみて、何か不都合でもある？　とセラピストに問いかけられ、何も不都合を思いつかない。あなたは石鹸に包まれながら、熱いシャワーをゆっくりと浴び、お湯が口角から零れ落ちるまで、口で受け止める。身体をすすぎ、シャワーから出ると、まだ湿った素肌に、頭皮から足の裏までラベンダーオイルをすり込む。冬なので毛布に包まり、探究を始める。手を使って、自分の身体の輪郭やカーブ、地形を学ぶ。批判することなく、事実として観察するのだ。ゆっくりと味わい、探究しながら、自分を楽しませる。毎日、朝と夜に。

週末は早起きせず、ゆっくりと目を覚ましてから料理をする。できあいのものや缶詰、ファストフードは使わずに、ボリュームたっぷりで心安らぐ料理を最初から作る。蟹とケール入りのオムレツ、レッドポテトのロースト、魚介のリングイネ、生姜とターメリック風味のかぼちゃのスープ、芽キャベツのキャラメリゼ、ヤギのチーズ入りロースト・ビート・サラダ、ココナッツ・カレー、ビーフ・ウェリントン。

あなたは料理をし、絵を描き、昼寝をし、夜は自分を愛でて眠りにつく。

自分の身体を心から受け入れられるようになると、あなたの自信も増してくる。ガードルなしで初めて教会に行き、礼拝後の駐車場でお母さんに叱られても、その自信は揺るがない。なぜガードルを着けていないのか、三〇年前に教えた通りにどうしてお腹を引っ込めていないのか、どうしてそんな格好で神の家に入れるのか、とお母さんは尋ねる。近頃は教会に来る女性も下着のラインが見えて下品だと不満を漏らすお母さんは、もっとまともに育てたはずなのに、とあなたを非難する。

するとあなたは、「もう息を止めているのに疲れたの」と答える。それから、こんな格好で二度と教会には行かない、と約束する。そしてあなたは、もう二度と教会には行かないことで、その約束を守る。

物理学者と、どうやって愛し合う？ あなたはお詫びの印として、これまでたくさん描いてきた彼のスケッチの一枚を銀の額に入れて送る。返事はすぐに来ない。でも、それでいい。自分が冒したリスクなら分かっていた。あんな風にいきなり姿を消したのだから。それでも彼から連絡があり、電話口で長い沈黙が続いた後で、あなたは言う。「必要なことだったの。私のために。あの時は何て言っていいか分からなかったし、今でもはっきりとは分からない」

「でも、言葉を使ってほしい」と彼は言う。「もし二人で先に進むなら、説明する努力をしてほしい。その努力を後悔させるようなことは絶対しないって、約束するから」

最後に男性から約束されたのはいつだろう、とあなたは考える。でも、そんなことはどうでもいい。ここにいる彼は今、あなたに約束をしているのだから。それが重要なのだ。

物理学者と、どうやって愛し合う？ 三月一三日、彼が街にやって来る前日、二人は夜更かしをして、懐かしのヒップホップやR&Bのミュージック・ビデオを交代で再生し、ダンス・バトルではどちらが負けるか軽口を叩き合い、星占いの相性をグーグルで調べる（あなたは乙女座で、彼は水瓶座）——そのあいだ、二人とも喜びではち切れんばかり、ずっと笑いっぱなしだ。

そして円周率の日がやって来て、彼が空港に向かうあいだに、あなたはシャワーを浴びる。彼が離陸すると、六時間のフライト（乗り継ぎ時間を含む）が、あなたには永遠のように感じられる。彼が飛行機を降りて、路肩に駐めたあなたの車にやって来る道程も、巡礼のように長い。彼が空港の通路を歩きながらスバーロの西壁にキスをして、シナボンで涙を流し、アンティ・アンの足元に供えものを置いている姿を、あなたは心に描く。

車のトランクに荷物を入れて閉めた後、彼はあなたと向き合って言う。「やっと会えたね」。あなたも言う。「ほんとに、やっと」。それから彼は、あなたを腕の中に引き寄せてキスをする。彼の唇は、思っていた通り柔らかい。

家に着くと、あなたはオムレツと自家製フライドポテトを作り、彼はそれを貪るように食べる。彼は食欲旺盛だ。それから、二人とも疲労困憊で睡眠不足にもかかわらず、アドレナリンが爆発し、あなたはダンス・バトルに圧勝する。さんざん大口を叩いていたのに、彼はまったく踊れない。

「賞品は何？」とあなたは尋ねる。

エリックはあなたをソファに引き寄せ、もう一度キスをする。「あれ？　二人とも賞品もらえるんだ」とあなたは言う。「参加賞、あげるね」とあなたはさらにキスをして思う。〝神様、彼がずっといてくれますように〟

二人ともまどろみ始める。やがてあなたは目を覚まし、彼の膝の上に頭を載せたまま、思考をフル回転させている。あなたは明日から始まる個展のことを考える。あなたの作品を鑑賞する彼をギャラリーの反対側から観察する自分の姿を思い浮かべる。女友達や同僚、生徒たち、そしてお母さんに、彼を紹介するところをイメージする。彼との時間が今日と明日で終わったとしても、それでいいのだと思える。でもここで、今あなたが何を考えているかではなく、何を感じているかを尋ねる、セラピストの声が聞こえてくる。すぐには説明できないけれど、「あたたかくて、希望に満ちていて、喜びに溢れていて、充実している」という言葉がじきに浮かんでくる。

エリックは、あなたの表情が和らぐまで、眉をひそめたあなたの顔を優しく撫でる。「『恋人はどこかで出会うのではない。ずっと結ばれているのだ』ってルーミーは言っていたけれど、あなたもそう思う?」とあなたは尋ねる。

「分からない」と彼は答え、あくびをする。「神秘主義者が考える運命の愛って感じだけど、僕は運命なんて信じない」

あなたは少しがっかりする。彼のことはずっと待っていた運命の人だと思いたいし、彼にもこれは運命の出会いだと思ってほしい。彼のオプションではなく、デフォルトになりたい。新しい宗教のような約束が欲しい。

あなたは先走りすぎた自分を叱る――つい早まって、八〇年代のラブソングの世界に逆戻りしてしまった。

でも、それから彼は言う。「天の川銀河の中心にある超巨大ブラックホールが最近、二時間のあいだに普段の七五倍の明るさになって、その輝きは天文学者が観測してきた二〇年間の最大光度の二倍に達したんだ」

彼が科学の話をするのには慣れたけれど、あなたはこの話で彼が何を言いたいのかは分からない。

「ある説によれば」と彼は続ける。「太陽の一五倍ほどの大きさの星がブラックホールの縁に近づいたことで、周囲のガスが乱れて熱くなり、周辺から放射される赤外線が増幅されて起こったとされている。でも、ブラックホールそのものへの影響が観測されるおよそ一年前に、この星がブラックホールに近づいているのは観測されていたんだ」

「宇宙がいかに大きいか、その距離がどれほどのものかが分かるね」とあなたは言う。

「その通り。距離といっても、ふたつある。星とブラックホールの縁までの距離と、ブラックホールと地球までの距離。つまり……僕が言いたいのは、輝きが観測されるずっと前から、物事は始まっていたりするってこと。これって、運命と同じことなのかな？　僕には分からないけれど、ごく稀にしか起こらない素晴らしい出来事には、時間がかかるってことなら分かる」

彼はため息をつく。「だから、最初に君が返事をくれなくても慌てはしなかった。嫌ならはっきり言ってくると思っていたからね。君は嫌だとは言わなかった。とはいえ、いきなり連絡を絶たれた時には焦ったよ。それでも」――彼は肩をすくめ、あなたを抱き寄せる――「何かしら、事情があるんだろうと思っていた」

物理学者と、どうやって愛し合う？　彼はあなたのブラウスのボタンを外して尋ねる。「ルーミーやブラックホールについて語り合うような関係になる？　それとも、二人で裸になる？」あなたの答えは「両方」

「ルーミーは、神に対する直観的な愛を記したイスラム教徒だった」とあなたは言う。「でも、みんな彼の作品からイスラムの要素を取り除こうとする」

彼はあなたの太腿、乳房、むき出しの腹部を愛撫する。

物理学者と、どうやって愛し合う？　全身全霊をかけて、震えながら、艶めかしく、大胆に。

ジャエル

JAEL

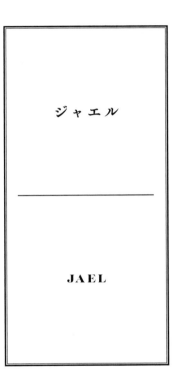

あの牧師夫人、教会に入る前はヤリ◯ンだったと思う。彼女はすごいダークスキンで、ふさふさの髪をお団子にして、礼拝用の黒い帽子を被ってる。羽飾りがついた、幅広のやつ。帽子の色は紺だったり、イースターの日には白かったり。それでも、私と同じ一四歳の頃は、『グッド・タイムズ』のテルマみたいに、大きなアフロヘアでぴちぴちのベルボトムを穿いてたはず。貞淑ぶったりせずに、目をきらきら、くるくるさせてるところが、なんだか人を惹きつける。昔の楽しかったことを思い出してるみたい。それに、あの半笑いときたら。彼女の秘密には、さらなる秘密がある、って感じ。それから、おちんちんを咥えるのが得意そうな、あの分厚い唇。私の唇もそうだって、トワンに言われた。あのクソガキめ。とにかく、みんなは牧師夫人のことを「シスター・セイディ」って呼んでる。私は心の中で、「スウィート・セイディ（愛しのセイディ）」って呼んでる。小さい頃、カシェルのママがかけまくってた曲のタイトルみたいに。といっても、あの人に愛《スウィート》しげなところなんて、欠片もないんだけど。献金を集めるために、干からびた死に損ないの牧師と一緒に立ってる時は、スーツのボタンを留めて、きちんとした格好をしてる。スウィート・セイディは、年寄ってわけじゃない。夫は一〇五歳くらいだろうけど、彼女は四〇歳ってとこかな。あの身体を見ると、カシェルの叔父さんの部屋にあったアルバムのジャケ写を思い出す。オハイオ・プレイヤーズ、レイクサイド、ギャップ・バンド、パーラメント／ファンカデリック。どのアルバムにも、生身か漫画の女性が載ってた。みんなおっぱいとお尻が大きくて、唇がエロかった。スウィート・セイディは、あの身体を教会向けのスーツで隠そうとしてる。でも、老いぼれの牧師に出会う前は、股間に食い込むくらい丈の短いショートパンツを穿いてたはず。教会に通う人たちのことは騙せるかもしれないけど、私は騙せない。スーツの下のその身体、綺麗なんだろうな。見てみたいなあ。

*

母はいつも言っていた。「探しものをする時は気をつけて。思いもよらぬものを見つけてしまうかもしれないから」と。でも先日、シーツを替えてマットレスをひっくり返そうと、曾孫の部屋に入った時、私は何かを探していたわけではなかった。本当にそんなつもりはなかった。ただ、部屋の空気を入れ替えてやろうと思っていただけだ。それに、夏時間と冬時間に時計の針を合わせ、推奨どおりに煙感知器の電池を交換するのと同じタイミングで、年に二回はマットレスをひっくり返していた。こうして私はマットレスをめくり、あの子の日記を見つけた。序盤はありふれた内容だった。学校で誰が嫌いか、誰に嫌われているか。どの先生が意地悪で、どの先生が取り入りやすいか。感心しない言葉づかいもあったけれど、中盤で目にしたことに比べたら、大した問題はなかった。自然に反することの数々。私を深く悲しませることの数々。この子には神が宿っていない。大きくなった時に道を踏み外さないよう、私は進むべき道を教え込んだというのに。でも、日記を読む限り、彼女はとっくの昔に正しい道から外れていた。

*

私たちは一六だって、カシェルはあの男に言った。そんなこと言ったら、私のほうが大嘘つきになってしまう。彼女は先週、一五になったばかり。私は一五になるまで、あと半年もある。それでもあいつは、こっちの実年齢なんて気にしちゃいないだろう。裏庭で蟹のクックアウトをするから、君たちを家に呼びたいとかほざいてる。三人きりでだって。カシェルはちょっと怖いって言ってた。三五歳だから。それでも彼、いい感じだから行きたいって。『パープル・レイン』を観て以来、どはまりしてるザ・タイムのモーリス・デイに似てるとか言ってるし。あの映画が公開されてから、四回も映画館に付き合わされた。私もプリンスは好きだけど、カシェルはプリンスとモーリス・デイに夢中。ライトスキンの男にそそられるんだって。私はどっちでもいい。男は男。ライトスキンでもダークスキンでも。一五でも、二五でも、三五でも。どいつも同じで、どいつもクズみたいなもんだから。でもカシェルって、痛い目に遭わないと学ばないタイプなんだ。あの男との蟹パーティー《クックアウト》にすっかり舞い上がってる。ビーチに連れてってやるなんて言われて、大喜びしてるし。私がビーチ嫌いなこと、知ってるくせに。私としては、あいつの大きな家の中を見てみたいだけ。中に何があるのか、見てみたい。

それより、スウィート・セイディの家に行きたいなあ……もちろん、あの牧師の爺がいない時にね。

*

この子とどう話したらいいか分からない。今どきの子どもときたら……私たちが育った時代とは違う。こちらが何か言うと、顔をしかめるばかり。些細なことで、すぐ怒る。散らかしたら片付けなさい、使った食器はせめてシンクまで持っていきなさい、自分のベッドを整えなさい、汚れた服は洗濯籠に入れなさい、なんて言われると、気分を害す。注意されると、すぐに怒りだす。私に何か言われると、舌打ちしたり、聞こえないふりをしたり、そんなことばかり。

この子が救われるために私ができることといえば、闘いを神に委ねることくらい。私は彼女のために祈る。心の底から。

日記の内容は、日増しに酷くなっていく。うまい言葉をかけられたらいいのに。きちんと話せるよう、この口に触れてください、そしてあの子の耳、心、頭に触れて、聞き分けを良くしてくださいい、と私は神に祈る。

私が自分の家に忌まわしいものを住まわせたくないこと、神はご存じなのだ。

まったく、今どきの子どもときたら。私たちが子どもの頃は、年長者を敬っていた。生意気な口をきいたり、言い返したりはしなかった。言われたことはすぐにやったし、一度言われるだけで十分だった。「すぐやるから……」なんて言い訳もなし。私たちは、二度も言われる必要はなかった。そんなことがあった日には、母のお仕置きが待っていた。

それでも私は、もうこの子にお仕置きしない。この子がこの世に生を享け、私の家に住んで一四年、彼女を叩いた回数は片方の手で数えられるくらいだし、他人にも絶対に手を上げさせなかった。この子が赤ん坊の頃、母親とあの穀潰しの父親のあいだには、暴力が蔓延《はびこ》っていたから、私が引き取ったのだ。だからこそ、必要がなければ殴りたくなかった。それなのに、この子の態度ときたら……気に食わない言葉は聞き流す、といった調子。小枝を束ねて、あのガリガリな生白い脚を叩いた時にも、まだ小さかったというのに、こちらが期待するような反応はしなかった。痛くも痒くもないといった様子で、これっぽっちも泣きやしなかった。この子が六歳の頃、小枝で脚を叩いた時は、ただ私を見やって……その目つきに私の血は凍りつき、私は慌てて聖書に救いを求めた。「蛇やさそりを踏みつけ、敵のあらゆる力に打ち勝つ権威を、私はあなたがたに授けた。だから、あなたがたに害を加えるものは何一つない」ルカによる福音書一〇章一九節。

そして私は聖書をよりどころとし、ひざまずいてこの子のために祈り続けている。大人の男たちを追いかけているこの子の親友とは違って、尻軽じゃないところは神に感謝しなければ。この子は日曜学校が終わった後の礼拝と、水曜の晩の聖書勉強会に私と参加しているけれど、何かがおかしいことには変わりない。毎週。ただ座っているだけで、一言も発しない。傍目には何も分からないだろう。愛くるしい顔をしているんだから。みんな、大人しい子なのだろうと思うだけ。それでも、その心、魂、精神は……神のものではない。聖人たちよ、闘いが繰り広げられています。私は聖書を頼り、ひざまずき、この子の魂のために祈りで闘っている。「私たちの戦いは、人間に対するものではなく、支配、権威、闇の世界の支配者、天にいる悪の諸霊に対するものだからです」エフェソの信徒への手紙六章一二節。

＊

今日、スウィート・セイディが教会で話しかけてくれた！ 元気？ グラニー《おばあちゃん》はどうしてる？ って。元気にしてるよって、私は答えた。「両親が死んでしまった女の子」と話してる時に大人が浮かべるような顔をしてたけど、それもあまり気にならなかった。憐れみの表情。あれ、ほんとに我慢ならねえ。でも、スウィート・セイディなら、そんなに嫌じゃなかった。心から気にかけてくれてる感じがするから。

＊

この子についてひとつだけ感心するのは、私の知る限り、決して男から舐められないところだ。この子の母親や、その母親で私の娘（二人とも安らかに眠れ）がされていたように、男たちが家の周りを嗅ぎまわることもない。このあいだ、コーナー・ストアに行ってグッディのパウダーを買っていたら、レジの列で二人の男がこの子の話をしているのが耳に入ってきた。二人とも、私が見えなかったのか、私がグラニーだと知らなかったのか、一人が話し始めた。「ジェイが女にぶん殴られたらしいぜ」

もう一人が言った。「いや、違う。弟のトワンだよ。ジェイは殴られてないけど、あれは強烈な事件だった。ジャエルって女だ。パーキンスに住んでる、ライトスキンの女。あのビッチはクレイジーだぞ。トワンによれば、小学校の頃から、自分のケツを摑もうとしてくる男たちと喧嘩してたらしい。もう何年も、この界隈で男たちと対等にやり合ってきた。だからトワンは、あいつは女が好きなんだろうって言ってる」

「え？　ブルダガー《タチのビアン》か」ともう一人が言った。「そうだ！」それから男は声を潜めたけれど、まだ声は聞こえてきた。「俺も何度か声をかけたことがあるんだ。あいつ、見てくれはいいからな」

二人とも、三〇、三五はいっているはずなのに。まったく、汚らわしい。

「俺とジェイ、トワンで店の外にいたら、あいつが友達と連れ立って歩いてきた。俺たちと一緒にいるから、殴られることはないだろうって、トワンは思ったんだろうな」

「確かに」

「トワンが名前を呼んだのに、あいつは知らん顔だ。そのまま素通りしやがった。そこでトワンはブルダガーって言いながら、後ろまで駆け寄って、あいつのケツを摑んだ。そしたらあの女、振り返ったと思った瞬間、瓶を壁にぶつけて、割れた瓶の縁をトワンの喉に突きつけたんだ！」

「レッドボーン〔ライトスキンの女〕は、イカれてるからなあ」ともう一人が言った。

「瓶すら見えなかった！　いきなり瓶が現れたんだ！　刺しはしなかったけど、それは友達が――ほら、あの巨乳の女、ラシェルだっけ？　カシェルだ！――あいつが『こんなヤツ、刺す価値もないよ！』って叫んだからだ。でもな、あいつはやる気だったぞ。ジャエルはトチ狂ってる」。ベイビー、その調子。男にはイカれていると思わせておけばいい。男嫌いだと思わせておきなさい。神の目から見れば、自然に反することだけれど。そうしておけば、とりあえず男は寄ってこない。

　でも、この子は本当におかしいのかもしれない。

　悪い種は隔世で現れると言われている。私の娘のティムナは、ジャエルそっくりだった。射抜くような視線の持ち主で。親友のグロリア・メイという可愛い少女が電車に轢かれて死んだ時、ティムナはまったく泣かなかった。涙ひとつ流さなかった。二人は線路の上で遊んでいた――線路には近づくなと、あれほど口を酸っぱくして言っていたのに――グロリア・メイは、気の毒なことに逃げ遅れてしまった。一六歳だった……主よ、彼女の霊を休ませたまえ。普通なら、友人を失ったら悲しむだろう。あんな風に亡くなる姿を目の当たりにしたのだから。でも、ティムナは違った。まったく動じなかった。ある日いきなり神に召されるまで、あの子は他人に心を開かず、ただ流れるように生きていた。ウールワースでの仕事を終えて、雨の中を歩いて家に帰る途中、雷に打たれるまで。二四歳だった。雷雨の中を歩いちゃだめ、白タクに乗りなさい、お金は払ってあげるからって、しつこく言って聞かせていたのに。頑固な子だった。そして彼女が死んだ一〇年後、ジャエルが生まれた。同じくらい頑固な性格で。

ジャエルを産んだケトゥラは、この世では生きづらい性格だった。あの子が六歳の時に母親のティムナが死んで、それからは私が育てた。できる限りのことはした。それでも、ジャエルの父親になったあの男に殴られて、結局は殺されてしまった。夫でもない、単なるろくでなしのニグロに。

そしてここに、丸々としたライトスキンの赤ん坊がやって来た。程よくカールした豊かな髪に恵まれ、その瞳は煌めいていた。それでも、私の愛娘のティムナみたいに、この子も人を見透かすところがあった。そしてティムナにしたように、私はこの子にできる限りのことをしてきた。この子の父親のことや、母親の身に起こったことについて、醜い事実は伝えていない。私はこの子が知る唯一の母親。そしてこの子は、何不自由なく暮らしてきた。

自分の母がしてくれたことを、私はケトゥラとジャエルにしてやろうと努めた。お米を美味しく炊く方法や、ケーキを綺麗にアイシングする方法、洗濯のしかたや洗濯物の畳みかた、ベッドメイキングのしかた、身なりの整えかたなど、いろいろ教えようとした。ケトゥラはすべてを身につけて、お菓子やフライドチキン作りに精を出し、私の料理を喜んで手伝ってくれた。笑い上戸で、決して口答えしなかった。良い子だった。それなのに、あの男が現れて、あの子の命を奪った。

ジャエルは違う。料理も掃除もするし、私が頼めば大抵のことはする。それでも、その輝く瞳には喜びがない。幼い頃からそうだった。身体はここにあるのに、その魂はまったく別の場所にあるかのような。ずっとそうだった。今では時々、私の部屋に入ってきて、テレビドラマを見る。彼女のお気に入りは『ザ・ヤング・アンド・ザ・レストレス』。金曜日の夜には、『ダラス』や『ファルコン・クレスト』といった番組を私と一緒に見ることもある。でも、大半の夜は？　無理やり座らせて、一緒に夕飯を食べさせている。彼女は自分の世界に閉じこもり、私を決して入れてはくれない。

まあ、この子は男たちにも付け入る隙を与えてはいない。尻軽娘のカシェルとは違う。少女たちに興味深々な、あのライトスキンの男にも騙されてはいない。カシェルが「モーリス・デイ」なんて呼んでいる男。あの類なら知っている。まったく、あのタイプなら、知りすぎるほど知っている。あの手にかかると、状況はエスカレートしていく。女をシバの女王みたいな気分にさせて、一途をアピールしてくる。断っても、さらに熱く口説いてくる。

昔、近所に住んでいたミス・メイベルは、玄関ポーチから私たちにこう叫んでいた。「男に騙されちゃいけないよ！」あの頃は、私たちのお楽しみを邪魔しようとする、イカれた婆さんだとしか思っていなかった。

でも、彼女は分かっていた。お見通しだった。なのに、私たちは耳を貸さなかった。忠告を聞いていたらどうなっていただろう、なんて考えることもある。おそらく、ティムナも生まれていなければ、ケトゥラもジャエルもいなかっただろう。この世にいるのは私だけ。そしたら何をしていただろう？　分からない。何かしているはず。

とにかく、ジャエルはトワンのことも、モーリス・デイが企画している蟹のクックアウトのことも、私には一切話していない。でも、いつだってそうだ。私には何も言わない。あの子はただ、やりたいことをやるだけ。

*

おちんちんをしゃぶっても、救われるもんなの？　どうなんだろう。おちんちんにも興味ないし、救われたいとも思ってないけど。近所のトレイシーは、いつもしゃぶってる。でも、あの人は何でもやるから、あれを基準にはできない。カシェルのおじさんには白人の彼女《ガールフレンド》がいて、みんなが寝静まった頃に、彼女が裏口のポーチでおしゃぶりしてるの、カシェルはよく見てたって。カシェルは、フェラチオなんて汚らわしいから絶対やらないって言ってる。カシェルはいつも、絶対にやりたくないことの話ばかりしてる。女の子は好き？　って私のほうから訊いてみた。もしかしたら、女の子と何かしたいんじゃないの？　って。彼女は怒って、シャレになんないよって返してきた。別に私、冗談を言ったつもりなんてないし、あんたが女の子好きでも気にしないよって言ったけど、彼女は聞く耳を持たなかった。ただ首を振って、自分は良い娘だって泣き出した。カシェルってすぐ泣くから、大きな赤ちゃんみたい。私が傍にいなかったら、もっとみんなからちょっかい出されるだろうな。それはそうとして。今日の教会では牧師の爺が、天国に行きたいならば、罪を贖わなければならない、肉体が求める罪深い快楽を捨てなければならない、なんてホザいていた。救われた人たちって、神の救済の話をして、罪のことをボヤいて、教会に行くことにしか興味ないみたい。教会なんて、死ぬほど退屈なのに。だから私はスウィート・セイディを見つめて、あの色っぽい肉体と秘密の過去について考える。

*

神からの合図が欲しい。神の御心に従いたい。どちらのほうが問題だろう？　ジャエルが教会に通わないことか、堕落した心で教会に通うことか？　今週の聖書勉強会のテーマは、ローマの信徒への手紙のこの節だった。「彼らは神を知っていることに価値があると思わなかったので、神は、彼らを無価値な思いに渡され、そのため、彼らはしてはならないことをするようになりました。あらゆる不正、邪悪、貪欲、悪意に満ち、妬み、殺意、争い、欺き、邪念に溢れ、陰口を叩き、悪口を言い、神を憎み、傲慢になり、思い上がり、見栄を張り、悪事をたくらみ、親に逆らい、無分別、身勝手、薄情、無慈悲になったのです。彼らは、このようなことを行う者が死に値するという神の定めを知っていながら、自らそれを行うばかりか、それを行う者を是認さえしています」ローマの信徒への手紙第一章二八―三二節。

まさにジャエルそのものだ。争い、欺き、邪念に溢れている。それに、言うことを聞かない！　しばらく意図的に罪を犯す者に、神は堕落した心を持つことをお許しになるのだろう。水曜の夜、シャープ執事《ディーコン》がこの聖句を説明している時、私はジャエルを横目で見た。最初は無表情だった彼女が、わずかに微笑んだ。一瞬、キリストが私の願いを聞き入れ、彼女の心に奇跡を起こしたのだと思った。でもそれから、私はその目線を追った。微笑みの先には、シスター・セイディ！　まさに聖書の言うとおりだ。「邪悪で、自然な愛情を持たない」。私には分かった！　でも、他の人には分からなかったと思う。傍から見たら、無垢な笑顔に見えただろう。私が知っていること、彼女があの日記に、シスター・セイディについて口に出すのも憚られるようなことを書いているなんて、誰も知らないのだから。

その時、シスター・セイディがふと顔を上げ、ジャエルに微笑み返した。親を亡くした子どもに思いやりと優しさで接したシスター・セイディを責めているわけではない。イエス様も、孤児と寡婦に食物を与えよと言われていたのだし。それでも神は、他ならぬこの孤児の腹のうちは認めないはずだ。そこで私は心を決めた。

日曜の朝、この子を起こして教会に連れていくのはやめた。水曜の夜の聖書勉強会にも参加させない。グレイター・ホーリネス・バプティスト教会で、邪《よこしま》なことはさせない。私が息をしている限り。

なぜ私がこの子を教会から締め出すのか、神が理解してくださいますように。

＊

モーリス・デイは好きじゃない。あの男の本名はジェイミーだった。女の名前じゃん。でも、どっちの名前のほうが嫌かは分からない。「モーリス・デイ」って聞くと、コマーシャルに出てくる小うるさい猫《モーリス》を思い出すし、考えてみると、なんだかあいつ、黄色いトラ猫に似てる。グレーの目も口髭も、猫みたい。私と同じ学年の男子でも、もっと濃い口髭を生やしてたりするのに。本物のモーリス・デイほど顔も良くないし、それに煙草を吸うから、息が臭い。住んでる家だって、たいしたことない。二階建てだけど、部屋は小さいし。フロリダ・ルームなんて呼ばれてる部屋は、私からすればただのリビングにしか見えないし。それに、どの部屋も死んだ母親の遺品でいっぱい。お母さん、センス最悪で、陶器の猫を作るのが趣味だった。猫の置物、数えてみたけど、五〇個で挫折した。それでも蟹は美味しかった。すごく辛くて塩気も利いてて、身の部分も大きくて、気に入ってしまった。グラニーが作る蟹は不味い。水っぽくて味がない。お情け程度の身を取るために、手間をかける価値もない。グラニーは、やたら小さい蟹を買ってくる。

モーリス・デイ／ジェイミーは、一二匹で八ドルもする大きな蟹を買ってた。彼が蟹を鍋に入れる時、カシェルは怖がってまぁすって感じで、私の後ろに隠れてた。彼はトングで蟹を一匹摑むと、ふざけて彼女に蟹を押しつけるふりをした。カシェルは悲鳴を上げて、二階に駆け上がり、モーリス／ジェイミーは蟹を持ったまま、彼女を追いかけた。しばらくしたらカシェルは戻ってくると思ったのに、下りてこない。だから二階に行ってみた。蟹が階段のてっぺんにいて、こちらに向かって這って来た。私は蟹を階段の下まで蹴とばした。蟹が地面に落ちると、殻が割れる音がした。振り返ると、カシェルが寝室から出てきた。アホみたいにニヤニヤしてる。モーリス／ジェイミーもすぐ後ろにいて、だっせえトングを持ったまま、クラックヘッドみたいに滝汗をかいてた。裏庭で蟹を食べているあいだじゅう、あいつは汗かきまくってた。脂ぎってて、胸糞悪かった。さらに、クソつまんないジョーク攻撃。それなのに、カシェルはエディ・マーフィのジョークでも聞いてんのかってくらい、大笑いしてた。

二人で歩いて帰る途中、こっちはカシェルが何か言うのを待ってたのに、沈黙が続いた。だから私のほうから、あいつは豚みたいに汗っかきだし、顔も良くないし、家はガラクタだらけだって言ってやった。カシェルはイラッとした顔をして、あんたって嫌いな人しかいないよね、今その話をする気はないからって返してきた。それが四日前。何度か電話したけど、カシェルは留守よってミス・デブラに言われた。折り返しの電話もまだかかってこない。

昨日は店から遠回りして帰った。高校《ハイスクール》の裏の原っぱを横切って、ジェイミーの家の前を通り過ぎた。あいつは私道にいて、愛車のキャデラックを洗ってた。まあ、正しくは死んだお母さんのキャデラックなんだけど。唇に挟んでるタバコが、今にも落ちそう。袖のないアンダーシャツしか着てないのに、いつものごとく豚みたいに大汗かいてる。二の腕は柔らかくて、生っ白い。筋肉は見当たらず。軟弱な男。私は気づかないふりをしてたけど、あいつは「ヘイ、かわい子ちゃん」と声をかけてきた。私は無視して、そのまま歩き続けた。するとこう言われた。「友達に会いそこねたな。今帰ったぞ」。あいつは話し続け、私は歩き続けた。

まったく、カシェルは男の趣味が悪すぎる。

*

長らく生きてきたけれど、こんなにも恩知らずな子どもを私は知らない。生まれてこのかた、この家ではお腹をすかせたこともないくせに。どこかの里親の家では、こんなにも偉そうに暮らせなかったはず。私が親切心から引き取らなければ、この子は里子に出されていたというのに。私は自分の娘を育て、娘よりも長生きした。孫娘も見送った。だから私は、地上での休息と、天国での冠を手に入れたと思っている。でも、この子は他に誰を頼れたというのだろう？　こちらは生計を立てるために最善を尽くしているというのに、グラニーの作る蟹は不味いだなんて、どの口が言う？

よし。昼過ぎにどこかへ出かけていったけれど、帰ってきたら、こちらにも考えがある。仕事を見つけてもらいましょう。

＊

私とカシェルは、ジェイミーとビーチに行った。カシェルはあいつをゴッドダディなんて呼んで、買ってもらったばかりの黄色い水着を着てた。ジェイミーはカシェルを空高く抱き上げて、何度も波に放り込み、彼女は叫び声を上げて笑ってた。カシェルは華奢な子じゃない。だから、軟弱そうな腕に似合わず、ジェイミーも力はあるんだろう。二人はその遊びに飽きると、カシェルがジェイミーの肩によじ登り、沖のほうへと歩いていった。私には見えなかったけど、あいつの手がカシェルの太腿を摑んでるところを想像した。ときどき、彼女の身体が震えた。たぶん笑ってるんだろう。二人とも遠くまで行ってしまったので、もう彼女の声は聞こえなかった。

　暑かったけれど、ジェイミーがレンタルしたビーチパラソルの下にいれば、なかなか快適だった。ブランケットに座る。ソーダ、氷、ヒマワリの種、ポテトチップスを買いに入ったセブンイレブンで手に入れた雑誌《ピープル》が私のお供。水着がないから海には入らないって、カシェルには最初から伝えてた。短パンで入ればいいじゃん、乾くよ！　なんて言われて、私は呆れた顔をした。この子、頭悪すぎ。でもジェイミーは隣に立って、まるで彼女が世界でいちばん賢い女の子だとでも言いたげに頷いていた。

　ビーチに向かう遊歩道《ボードウォーク》を歩いていると、ビーチグッズを売ってる店の前を通った。カシェルは白いサングラスに黄色いビーチサンダル、色とりどりの魚が描かれた大きなタオルを手に取った。彼女はすべてをジェイミーに手渡し、ジェイミーが代金を払った。水着も売っていて、レジの真横にあった。でもジェイミーは、私に水着を買ってあげようとは言わなかった。買ってもらうつもりもなかったけど。

　一時は水がジェイミーの首まで来て、カシェルしか見えなかった。彼女は波の上に座ってるように見えた。それから彼女はジェイミーの肩から仰向けに倒れ、波が二人を飲み込んだ。ふたつの頭がまた見えるようになった時、二人は向き合って、カシェルがジェイミーの肩に両腕を回してた。どうしたら、あんな間近であのタバコ臭い息に耐えられるんだろう？　うげー。水に隠れて見えなかったけど、彼女の両脚はあいつの背中に巻きついてたはず。ここで二人が私のほうを見た。私は雑誌を持ち上げて、顔を覆った。

もう、好きにしてろ。

私はスウィート・セイディを思い浮かべて白昼夢に浸った。牧師の妻になる前は、たくさんビーチに来てたんだろうな。大柄な男のバイクの後ろに乗って、海岸線を走る彼女を思い浮かべた。褐色の美しい肌に映える白いビキニを着てる。その大男はサングラスをかけて、袖のないデニム・ジャケットから逞しい腕を見せつけてる。二人が私の近くを通り過ぎようとした時、セイディは止めて、と彼に声をかけ、バイクを降りる。彼女は砂浜を勢いよく踏みしめながら、私に向かって歩き、両手を差し出す。彼女のビキニのトップからおっぱいがはみ出してて、私は目をやらないようにしてるけど、彼女は私の視線に気づいて笑う。ブランケットの上に座ってた私を立たせて、抱き締める。彼女はバニラと薔薇の香り。彼女に抱き締められたまま、私たちは二人、海岸をずっと、ずっと歩いていく。

それから、足が水に触れ、私は水際から離れる。

私は慌てて、家から持ってきたブランケットのところまで戻る。スウィート・セイディは私の隣に座って、「どうしたの?」と尋ねる。私は水について話す。お風呂に入ってるとグラニーに思わせるために、シャワーやバスタブの水を出すけど、絶対に入らないこと。シンクを使って、グラニーが言うところの「小鳥の水浴び」をやるだけ。そうやって全身を綺麗にしてる。たくさん擦って、すすぐのが大変だけど。それから私は、ママが死んだ日のことを話す。すべて水の中で見たんだよって。私たちは全員、水の中にいた。ママ、パパ、そして私。三人で家にいて、寝室にいて、私はベビーベッドの中にいた。水の中に。スウィート・セイディは尋ねる。赤ちゃんだったのに、どうしてそんなに覚えてるの？　私は答える。どうしてかは分からない、でも覚えてるの。私、パパが何したか見てた。叫ぼうとしたけど、水が口に入って、すべてが真っ暗になった。グラニーは私に嘘をついた。二人は交通事故で死んだって。でも、私が八歳の頃、ヴァシュティおばさんがグラニーに話してるのが聞こえた。誰かが刑務所で彼の喉を切り裂いて、彼はそのまま獣《けだもの》みたいに血を流して死んだって。おばさんはすごく悲しそうなため息をついて、良い子そうだったのにって話してた。でもグラニーは言った。あいつがろくでなしだってことは、最初からお見通しだったって。あの子はあいつに惚れ込んでいたから、分かっていなかったんだって……。あの日、家にいたパパの顔を覚えてる。張りつめていて、意地悪。あの日、私たちは水の中にいた。でも、覚えてる。

スウィート・セイディは私の腕を撫でながら、ベイビーガールと呼ぶ。彼女は言う。ベイビーガール、あなたは水の中にいたんじゃない。それは、あなたの涙だったんだよ。

雑誌から視線を上げると、白昼夢は終わった。ジェイミーがカシェルをおんぶして、浜辺まで戻ってくる。二人がビーチパラソルと私のところまで戻ってきた時、カシェルはまだ彼の肩に頭を預けてた。そのままこうしていたい、とでも言いたげに。

帰りの車の中、カシェルは私と後部座席に座った。彼女が行きの車で助手席に座ったことに、私はまだ怒ってた。ジェイミーがまたタバコに火をつけたから、私は窓を開けて、風を顔に浴びた。すると、私の名前を小さく呼ぶカシェルの声が聞こえてくる。「なーぁーにー⁉」って、私は大声で尋ねた。彼女は小声で続けた。朝早くジェイミーの家から電話して、あんたを起こして言ったこと、忘れないようにって。カシェルのママに訊かれたら、朝の八時にバスに乗って、一緒にビーチに行ったことにしろって。

実のところ、彼女がまた電話してきて私をビーチに誘ったのは、お昼の一時だった。

私は彼女に背を向けて、寝たふりをした。

*

居間の古い敷物を捨てる時が来た。ずっと捨てようと思っていたのだ。仕事を探しなさいとジャエルに言って口論になり、ひどく興奮したせいで、あの敷物につまずいたのだろう。うん、そうに違いない。それでバランスを崩したのだ。気持ちが昂りすぎて、身体がふらっとして、気づいたら手と膝をついていた。きっとあの古い敷物につまずいたのだ。でなければ、「回転性めまい」だったのかも。たしかそんな名前だったはず。友人のアルマがときどきなっている。たぶんあれね。

私が倒れたというのに、ジャエルはただ私を見下ろしていた。手を貸そうともせずに！　仕事を探すよう促した時にあの子から返ってきた言葉は、口にするのもおぞましいものだった。

私はカウチまで身体を引きずり、なんとか立ち上がった。そのあいだ、あの子はただそこに立ち、床を這う私を見ていた。

あれ以来、彼女は部屋にこもりっきり。何度か料理を取りに来たり、身体を洗いに部屋から出てきたりはしたけれど、それだけだ。

確かに私は、あの子の両親について嘘をついた。でも、酷い話で傷つけたくなかっただけだと、神は分かってくださる。神は私の本心をご存じだ。

あの子も大きくなったから、事件について話してみるのもありだろう。でも、部屋から出てこない。カシェルから電話がかかってきても、電話口にさえ出てこない。カシェルは何度も電話してきて、結局はうちまでやって来た。ジャエルは寝室のドア越しにすら、話そうとはしなかった。カシェルはここに来て、澄ました顔で猫を被り、甘い声を出していた。「ねえ、グラニー・D」、「ほら、グラニー・D」って、いちいち鬱陶しい。「私があんたのグラニーなら、あんたもこんなあばずれにはなっていないだろうね」なんて言いかけたけれど、私の舌をお縛りくださいとイエス様に祈り、何も言わずにすんだ。

*

ビーチに行く前、ジェイミーの家で二人きりになった時、許したのはキスだけだって、カシェルはミス・デブラの聖書に誓って言った。へえ、どこにキスさせたの？　って私が突っ込んだら、彼女はブチ切れてた。ビーチでのあの日以来、ずっとカシェルとは話したくなかった。彼女が私に嘘をついてる気がして仕方なかった。人に嘘をつかれるのは、もう懲り懲り。それでも、カシェルとは仲直りできた気がする。怒りよりも、心配のほうが先に来てしまうんだ。とはいっても、あの子が私を心配させるようなことをやると、ムカつくんだけどね！　頼りない子を友達に持つと大変だし、私も疲れる。自分の面倒くらい自分で見られるよ、なんてカシェルは言うけど、あの子にはできない。不可能だって分かってる。生まれつき無理なんだ。

　そして私は、うちに泊まりに来て、というカシェルの誘いを五〇万回目で受け入れた。私が家にいるあいだ、彼女はジェイミーに何度か電話した。来週、ジェイミーがカシェルに学校用の服を買ってあげるらしい。新しい服なんて、ミス・デブラにどう説明すんの、って私が尋ねると、カシェルは受話器の口を手で覆って、静かにしろと私に合図した。それから、キスする前にジェイミーにヤニ臭い歯を磨かせるのかって訊いてみたら、彼女は電話をクローゼットに引きずり込んで、扉を閉めた。二人がお喋りしてるあいだ、私はひとりで遊んでろってことですか、そうですか。

　それから、二人でカシェルのベッドで寝転がってお喋りしたけど、私は思ってることの半分も言わなかった。彼女は口を開けばジェイミーのことばかり。同年代の男子はただヤリたいだけ、ブサイクなくせに図々しい。ジェイミーはキスして、一緒にいて、貢ぐだけで満足してる。こちらがやりたくないことは、無理強いしないって。無理強いしない状態が、いつまで続くことやら、なんて私は考えてた。あいつが別人になって彼女を傷つけるのはいつ？　でも、すべて胸のうちにしまっておいた。

　そしたら、「どうして黙ってんの？　嫉妬してる？」ってカシェルに訊かれたから、「誰に？」って訊き返した。返事はない。だからこちらから質問した。「天国って、本当にあると思う？」彼女は、「もちろんあるよ」って答えた。「天国って、嘘だと思う」と私は切り返した。そしたら彼女はベッドに座りなおして、「ジャエル、そんなこと言ったら、神の罰を受けるよ！」なんて諭してきた。私は笑って付け足した。「神なんて、アホなヤツらがでっちあげた白人でしょ。サンタクロースみたいなもんだよ」。これには彼女もキレた。腕を組んで、こう訊き返してきた。「神様がいないなら、答えてよ。その時、みんなどこに行くの、ええと……」

「死ぬ」って口にも出せないなんて、意気地なし。私はただ笑って、ベッドで寝返りを打った。それから私たちは、眠りに落ちるまでずっと黙ってた。

翌日の夕方、私は家まで歩いて帰る途中、またジェイミーの家の前を通り過ぎた。あいつは前庭にいて、ホースで草に水をやってた。もう日は沈んでたから、少し涼しくて、ジェイミーは珍しく汗をかいていない。「よお、かわい子ちゃん」って声をかけられたから、私は挨拶を返した。「いつも急いでるよな。たまには遊びに来いよ」

オーケー、と私は答えた。

＊

すべて私のせいだ。聖書から無作為にあの子の名前を選んだけれど、それでも名前を決めたのはこの私だ。私の母、母の母、母の母の母、私の姉妹も叔母もその子どもたちも……聖書にちなんだ名前を授けられた。ファミリーで最年長の女性が、家庭用の大きな聖書を開いて、ページを指さす。その指からいちばん近い女性の名前が、生まれてくる女の子の名前になった。私たちはページをめくり、女性の名前が出てくるまで指をさし続けた。生まれてくるのは、女の子ばかりだった。七世代にわたって、女の子しか生まれていない。もし私が運を信じる人間で、我が家の面々がもっとマシな人生を送っていたら、七世代続く女の子のことをラッキーセブン、幸運のしるしだと考えたことだろう。それでも、ロトを買う時には、七ばかり選んでいる。たまに気が向くとロトを買うけれど、いつもしているわけじゃない。七を選ぶのは、その数字が神からのメッセージかもしれないからだ。「神は人智を超えて働き、奇跡を見せてくださる」なんてよく言われているけれど、これは聖書の言葉ではない。讃美歌だ。ローマの信徒への手紙一一章三三節には、こう書かれている。「ああ、神の富と知恵と知識のなんと深いことか。神の裁きのいかに究め難く、その道のいかにたどり難いことか」

七を選んだことで、幾度か生活を助けられた。神だって、これは大目に見てくれるはず。七世代にわたる女たち。一八七一年にドルカス、一八九〇年にアダ。アダは五人の娘を産んだ。クロエ、マラ、シェロミト、サロメ、そして一九〇六年に私の母、マトレド。ダマリス、一九二二年に私、それから妹のヴァシュティ、ユーオーディア、コズビ。私の娘、ティムナは一九三七年に生まれ、ジャエルの母、ケトゥラは一九五五年に生まれた。姪、又姪、従妹もたくさんで、すべては覚えていない。昔は全員の名前を言えたのだけれど。

私はこの子をジャエルと名づけた。私の指は、その名前のすぐ上で止まった。いつもなら、ページの中で女の子の名前を探したり、別のページを開いたりしなければならなかった。でもその時は、しっかりと名前を指さしていた。それで気持ちが浮き立ち、この子が祝福を受ける合図なのだろうと思った。この子は他とは違うと。私がジャエルの物語を聖書できちんと読んだのは、ずっと後になってからだった。

もし読んでいたら、違う名前をつけていたかもしれない。いや、それはないだろう。六世代続いた伝統に、逆らえるわけがない。それに、名前にまつわる物語について、私たちが話し合ったことはなかった。指さした名前が、授けられた名前だったのだ。

ジャエルが学校にバスで通うようになると、ジャエルをわざとジェイルと発音して、「ジェイルバード（監獄の鳥）」とからかう子どもたちがいた。特にあのトワン。ヴァーディーン・ラッセルのところの無作法な孫のひとりだ。トワンはバス停から家までついて来た。「ジェイルバード！ジェイルバード！」と呼んでいる声が、私にまで聞こえて来た！ 他の子どもたちも笑って、一緒にからかい始めた。カシェルは何度も「ジャエルだよ」と言っていたけれど、誰も聞きやしない。それなのに、ジャエルはどこ吹く風だった。あの時は、私の言いつけを守って、からかう子たちに取り合わず、神にお任せしているのだと思っていた。でも今になると、ああいった嘲笑は、彼女の中にあった悪い種に水をあげていただけなのだと分かる。

私たちはいつも、命名のために集まった。私の母とその母（二人が生きている時）。姉と妹、そして私。私たちの子どもたちと、その子どもたちも。みんなで料理をして、一緒に食べた。父なる神に、母親とこれから生まれる女の子を宜しく頼みます、と祈った。みんなで笑い、語り合った。そして誰か（大抵がそこに居合わせた男）は、お約束のようにこう尋ねた。「でも、男だったらどうする？」私たちは、さらに笑って聞き流した。

たとえ前日に言い合い、いがみ合い、ぶつかり合っていても、この伝統が私たちをひとつにした。私たちは伝統を重んじた。それ以外に、すがれるものなどなかったのだ。ジャエルが生まれた時、五世代が生きていた。というのも、みんなが一五、一六、一七、一八、一九と、若くして子どもを産んでいたからだ。恥にも誇りにも思っていない。それが現実だっただけ。女だらけの一族で、男にはさんざん苦労してきた。まともな男たちは早死にし、酷い男たちは、死ねばいいのにと思わせるほど長く居座った。神よ、お赦しください。

何年か前には、私たちの親族会《ファミリー・リユニオン》が、全国放送のニュース番組で取り上げられた。でも今では、私の母、叔母、姉妹、ジャエルの母……多くが死んでしまった。残ったのは妹のヴァシュティと数人の従姉妹に、姪や又姪だけだ。何の連絡もないところを見ると、みんな思い思いの名前をつけているのだろう。ひょっとしたら、男の子だって生まれているかもしれない。

ジャエルは、私が最後に名前をつけた赤ん坊だった。彼女は、私が背負わなければならない十字架だ。

そして私は、産まなかった子どもたち、お茶を飲んで処分した赤ん坊たちにも名前をつけた。主イエスよ、お赦しください。アナ、シミアス、ルツ、バアラ。

＊

タバコ臭い口は、思ってたよりも不快じゃなかった。他のことを考えてたから、気にならなかったのかも。最後には、この我慢も報われるはず。といっても、ジェイミーがあまりに吸いまくるから、こっちは吐きそうになった。吐かなかったけど。私はただ、煙越しに微笑みかけた。しばらくはカウチでキスしてた。それからジェイミーは、もう暗くなってきたから、グラニーが心配する前に帰ったほうがいいんじゃないか、って言ってきた。自分も朝三時に起きて、仕事に行かなきゃいけないしって。

彼はサンビームのパン工場で働いてた。グラニーは聖書の勉強会に出てるから、あと一時間は帰ってこないって、私は返した。キス以上のこともできるよ、とも。他の誰かとキス以上したことあるのか？　って訊かれたから、ないって答えた。これは本当。カシェルに話すつもりなのかって訊かれたから、個人的なことは話さないって言った。ジェイミーは、微かな笑みを浮かべた。私の答えに大喜びしてるくせに、それを表に出したくないような感じ。それをそのまま伝えたら、「何も見逃さないんだな」って笑ってた。カウチに押し戻されそうになったから、ゴムは持ってる？　って牽制したら、すごいがっかりした顔で、ああって言われた。彼が立ち上がって取りに行こうとした時、ついでに歯も磨いてきてって頼んだ。そしたら彼は笑って、「ほんとにお前、面白いヤツだなあ」だって。

ジェイミーが歯を磨いて、ゴムを持って戻ってきた時、私は前庭に立っていた。外は暗くて静かだった。彼は外に出てきて、「何かあった？」って訊いてきた。怒った口調じゃなかった。囁く感じの問いかけ。何もないよ、って私は答えた。ただ気が変わったから、家に帰るねって。彼はすごくゆっくり頷いて、分かった、いつでも遊びに来いよって、私を見送った。

家までの帰り道、いろんな考えが我先にと争いながら、私の頭の中で競い合ってるみたいだった。ひとつの考えに集中できない。でも、最後の角を曲がったところで、ようやくひとつの考えが勝ちを収めた。スウィート・セイディ。グラニーが私抜きで教会に行き始めてから、全然会ってない。でも、彼女のことはたくさん考えてるし、会えなくて寂しい。

＊

気づかずにずっと寝ていた。ここ数週間、あまりよく眠れていなかったけれど、聖書勉強会を終えて家に着くなり薬を飲んだら、気絶したように寝てしまった。でも、隣のバーバラは朝三時過ぎに音を聞いて、熟睡から目を覚ましたそうだ。大きな爆発音だったと話していた。雷だと思って、寝返りを打ってまた眠りについたけれど、それからサイレンの音が聞こえたという。

コンロからのガス漏れだと警察は言っている。今朝のニュースでも報じられていた。ジェイミー・マクホワイトという名前だったけれど、写真はなかった。私が子どもの頃、母は何人かのマクホワイトと友達だった。バーバラは、この辺りで白いキャデラックに乗っていた、ライトスキンの人だと言っていた。彼の母親（安らかに眠りたまえ）の名字はポーターで、彼が住んでいたのは母親の家だったという。思い出した、大昔の知り合いだ。でも、子どもがいたなんて知らなかった。バーバラによれば、ジェイミーは街の東側で父親に育てられたという。なるほど、だから私は彼の存在を知らなかったのか。バーバラは、ジェイミーの近所に住む女性を知っていて、その人によれば、彼はいつもタバコをくわえていたそうだ、と教えてくれた。タバコとガスは相性が悪い。

彼が住んでいたのが袋小路で、隣が空き家だったことは幸いだった。バーバラによると、裏の数軒にも少し被害が出たみたい。でも、「他に死者はいない」とニュースでは言っていた。

今朝、ジャエルが数年ぶりにしたことがある。私のベッドに潜り込み、眠り直したのだ。しばらくして、カシェルが悲しそうな声で、ジャエルと話したいと電話してきた。一日中、電話をかけてきた。でも、私が受話器を渡そうとしても、ジャエルは首を振って拒絶した。結局、一〇回目くらいだろうか、私はあの娘に「神は見苦しいふるまいがお嫌いよ」と言って電話を切った。それから、電話はかかってこなくなった。

私もジャエルと話したい。彼女に何と言えばいいのか、まだ分からない。自分は正しいことをしていると、この子は思っていたのだ。確かに彼は、汚らわしい、見下げ果てた男だった。それでも聖書には、「殺すな」、「復讐は私のすること、と主は言われる」とはっきり書いてある。それに、昨日ジャエルがあの家を出るところを、バーバラの知り合いの女性が見ていたら？　彼女が警察に話したら？

おそらくジャエルは、自分とカシェルはちょっかいを出されていた、と警察に話すだろう。そうすれば、彼がどんな人間か、みんなにも分かるはずだ。

でも、もし分かってもらえなかったら？　みんなからこう言われたら？　ジャエルは尻軽な少女で、あの子が……。

主イエスよ、この子にかけるべき正しい言葉を私に、聞き入れる耳をこの子に与えてください！

父なる神よ、私を見守ってください。

＊

日曜日に目覚ましをかけて、グラニーと一緒に教会に行くつもり。シスター・セイディにまた会いたい。夢の中だけじゃなくて、現実で。

「目を閉じているからって、眠っているとは限らない」って、グラニーはいつも言ってる。私はそういう人間。知っていることをすべては話さない。いくつかは自分だけの秘密にしておく。永遠に黙っていることもあれば、しかるべき時を待っていることもある。あの子は何が起こっているか分かっちゃいない、なんてみんなには思わせておく。それから、不意を突いて……襲いかかる。

でも、そうしなきゃいけないわけじゃない。みんなが何も言わず、私に構わず、他人に余計な口出しをしなければ、何の不都合も起こらない。

＊

ヤエル〔ジャエル〕は最も祝福された女
カイン人へベルの妻は天幕で最も祝福された女
シセラは水を求め
ヤエルは乳を与えた
貴人にふさわしい鉢で凝乳を差し出した
そして手を伸ばして杭を取り
職人の槌を右手に取り
シセラを打って、その頭を打ち砕いた
こめかみを打って刺し貫いた
彼女の足の間で、彼はかがんで倒れ、伏した
彼女の足の間で、彼はかがみ、倒れ
かがんだその場所で倒れ、息絶えた

——士師記五章二四–二七節、デボラの歌

既婚
クリスチャン
男性のための
手引き書

INSTRUCTIONS
FOR
MARRIED
CHRISTIAN
HUSBANDS

基本事項

実社会での成功と、篤い信仰を両立している妻に子ども扱いされているあなたのような夫は、低い位置に生る果実のよう。最小限の労力で、楽々と摘み取ることができる。あなたのジョークに反応する、穏やかで滑らかな笑い声。見つめあう時間がほんの少しだけ長いけれど、気のせいかもしれない、と思うくらいにさりげない、絶妙なアイコンタクト。あなたが話すたびに彼女は身を乗り出し、ファンタジー・フットボールやバーベキューについてのひとり語りも熱心に聞いてくれる。そう思えるのは、あなたの期待が入り交じっているせいなのかもしれない。あなたはいつも半人前の扱いだから、たまには一人前の男性として接してくれる女性を求めているだけなのかもしれない。

結婚生活に不満はあっても、あなたは道を踏み外したくないのだろう。もしかしたら、これが初めてなのかも。それも、私のような女性――ダークスキンで、縮れ毛のショートヘア――とそんなことになるなんて、想像すらしていなかったのかもしれない。あなたの妻とはまったく違うタイプの女性。それでも、私の瞳、唇、歯、笑顔、知性、笑い上戸なところに、あなたは魅了された。なぜ私のような女性と付き合うのか、私のどこに惹かれるのか、説明が必要だと感じていることでしょう。

なぜあなたが私に惹かれるのか？　私を求めてはいけない理由がたくさんあるのに、それでも求めずにはいられないから。そんな状況に、私は興奮する。あなたの強烈な欲望と欠乏感に、私は興奮する。あなたの妻がまともにファックしてくれない理由なんて、私には関心がない。彼女がまともにファックしないと知るだけで十分。すべてのリスクを負っているのはあなただけれど、私も一緒に飛び込んでいく。昔から、危険なところで遊ぶのが好きだった。

駐車について

私の家の近所は路上駐車できる。少なくとも、家から一ブロック離れた場所に駐車すること。近くはオフィス街で、お店もたくさんあるから、便利なアリバイになる。

SNSとテクノロジーについて

Facebook——神がいかに信頼できる存在で、イエスがいかに自分のすべてであるかを語る聖句のミームを投稿し続けること。こうした習慣がない場合は、今から始める必要はない。「信仰について」も参照のこと。

この街は小さいので、Facebookが「知り合いかも」と私をすすめてくるかもしれない。言うまでもなく、そんなおすすめは削除すること。

ウーマン・クラッシュ・ウェンズデイ（水曜日の素敵な女性#ＷＣＷ）に妻の写真を投稿し、水曜日だけではなく、彼女には毎日ときめいているというキャプションを必ず入れること。結婚記念日や妻の誕生日、その他にも不定期に二人の写真を投稿し、彼女がいかに素晴らしい女性であるかを伝えること。あなたのプロフィール写真は、夫婦の写真にすること。

通信手段――電話番号の交換はしない。二人の通信はメッセージ・アプリを通じてのみ行われる。私がインストールをお願いしたアプリをダウンロードすること。

電話――ロックをかけること。パスコードまたは指紋認証でのロック解除を必須とすること。

写真――写真は送らず、写真の依頼もしないこと。

注：自ら結婚生活に終止符を打つ勇気がないために、不倫がバレることを望む者もいる。あなたもそうならば、これらの注意事項は無視して構わない。「良心の呵責に苛まれたら」も参照のこと。

私について

私のことは、あまり知らないほうがいい。これはあなたについても同じ。境界線を引かなければ。私について語れることは以下の通り。

子どもはおらず、結婚歴もない。私の人生は、私だけのもの。ベーカリーを経営しており、おそらくあなたとはそこで知り合ったのだろう。あなたのウェディングケーキか、娘さんのバースデーケーキを私が焼いたのかもしれない。私はこの街で一番のピーチ・コブラーを作る。

私は、他の女性のテーブルにあるパン屑や残飯を食べている母を見て育った。前轍は踏まないと、心に誓った。それなのに、こうして私は皿の端を舐めながら、他の女性の残りものを食べている。

保健衛生について

過去三〇日以内に受けた性感染症検査の原本を必ず持参すること。例外はなし。たとえこの数十年間、妻としか性交渉がなくても、この条件は免除されない。あなたの言葉を鵜呑みにできない理由なら、あなたにも理解できるだろう。盗人に仁義なし、といったところだ。

自分で予約を取って検査を受けることもできないのなら、セックスする資格はない。

常にコンドームを使用すること。交渉の余地はなし。コンドーム装着で勃起できない場合は、妻のもとに帰ること。

注：私は手術にて赤ちゃんを作る工場を閉鎖しているため、その点については心配無用。

信仰について

日曜学校の教師やボーイスカウトの引率、教会の執事はそのまま続けること。

罪悪感に苛まれても、私に福音を説いたり、私を教会に勧誘しないこと。悔い改めよなんて言われたところで、私には何の悔いもない。

あなたは私を救えない。そもそも、私は危機に瀕していない。

あなたの妻について

妻の悪口は慎むこと。セックスのあいだ、彼女はヒトデのように横たわっているだけだとか、他の人たちの前で自分を馬鹿にした態度を取るとか、そんなことは聞きたくない。こういう話を許していると、なしくずし的にあなたがここにいる理由が正当化されてしまう。そんな真似はさせない。

あなたは妻を知っているけれど、私は女性全般についての見識がある。あなたの不倫を知ったら、彼女は怒りか失望の反応を示すだろうと、あなたは思っていることだろう。あなたは驚くかもしれないけれど、逆に安堵する女性もいるのだ。あなたが欲求を別のところで解消しているおかげで、彼女は安らぎを覚えているのかもしれない。彼女だって本当はセックスを望んでいるのかもしれないけれど、あなたとはもうしたくないだけなのかもしれない。それがなぜなのか、結婚カウンセラーに相談してみては。「セラピストについて」を参照のこと。

金銭について

プレゼントは歓迎するが、金銭の提供や生活費の援助は一切お断りする。私はセックスワーカーではない。

セックスについて

私の尻を叩くのも、下品なランジェリーを着させるのも自由。こうした行為は退屈で、独創性の欠片もないとは思うけれど、それでも付き合うつもり。「性的妄想について」も参照のこと。私は簡単に、そして何度でもオーガズムを感じる。ただしこれは、あなたの性的能力とはほとんど関係がないことを理解すること。肉体的な興奮など容易い。私が求めているのは、精神的かつ知的な刺激。私の頭の中に入ってきて。私を驚かせて。挑発してほしい。

ディックは確かに大切だけれど、私はそこまで気にしていない。私が好きなのは手。手が好きで好きで、たまらない。大きければ大きいほどいい。抱かれたい、愛撫されたい、包み込まれたい、摑まれたい。

それから唇と舌、キスも好き。ディープで情熱的なキス。嚙んだり嚙まれたりするのも好き。上手なキスをされたら、それだけで私は絶頂に達する。あなたが私の秘密の場所を見つけ、そこにきちんとキスをして、触れてくれるなら、二人で快楽に溺れることになる。

注：自分の妻の好きなこと、嫌いなことは、きちんと把握しておきなさい。

良心の呵責に苛まれたら

妻に告白すると決めたら、彼女が決して私の家に来ないよう、万全を期すこと。来てしまったら、彼女が傷つくことになる。私たちの関係には拘束力がない。別れたいなら、好きにすればいい。ただし、あなたの家の問題を私の庭に持ち込まないで。

それから、ここに来たら、ぐずぐずしないこと。私は雑談が嫌い。私の家に入る前に、緊張やためらいは捨ててきて。やるかやらないか。中間はない。

「セラピストについて」も参照のこと。

薬物について

薬物やアルコールの影響を受けた状態で、私の家に来ないこと。自分の知的能力を完全にコントロールし、常に自分の行動に責任を持つこと。

たとえマリファナであっても、私に薬物の入手を求めないこと。従兄弟にでも頼んでください。あなたを見習うよう、親戚一同から言われている従兄弟、あなたにもいるでしょう。

旅行について

十分な事前通知と旅費の全額提供があれば、旅行は可能。

セラピストについて

私はあなたのものではない。あなたの失敗に対する恐怖心や無力感、幼少期のトラウマ、中年期の後悔、子どもたちのこと、仕事に対する不満などに耳を傾けるつもりはない。こうすることで、感情的になるのを避けられるし、なにより、あなたの妻のように、私があなたに対して苦々しい思いを抱かないで済む。

到着時

結婚指輪は私のナイトスタンドに置くこと。あなたの手は清潔で、爪も綺麗に整えられているかもしれない。あるいは、寒さや怠慢のせいで荒れ、乾燥しているかもしれない。どちらにせよ、その手は大きく、握力は強く、積極的で自信に満ちていなければならない。

カフスボタンを外し、イニシャルが刺繡されたシャツを脱ぎ、出身大学やフラタニティのスウェットシャツを脱ぐこと。父の日に子どもたちがくれたストライプのポロシャツなんて、すぐに脱いで。

アンダーシャツを脱ぐこと。胸毛はあってもなくても構わない。体毛のお手入れをしていようがいまいが、それはあなたの勝手。あなたの腹筋は引き締まり、彫刻のように美しいかもしれないし、かつては引き締まっていたけれど、今では柔らかくなり、丸みを帯びた中年体形になっているかもしれない。そのお腹は、思い出から逃れるため、もしくは思い出にしがみつくために夜な夜な飲んだコニャック、ジン、ビールなどの物語を紡いでいるのかもしれない。

コール・ハーンのローファーでも、アディダスのスニーカーでも、靴は脱ぐこと。靴下は、脱いでもいいし、脱がなくてもいい。

ジーンズもスウェットパンツも、テイラーメイドのアルマーニのスーツパンツも、私の椅子の背もたれやベッドの足元、あるいは床に投げ出すこと。

ボクサーパンツまたはボクサーブリーフを下ろし、脱ぐこと（普通のブリーフを穿いている場合は、即刻退場をお願いする）。私を愛する準備ができているのか、そこに至るには私の助けが必要なのかを、身体で示すこと。

電話の電源を切るか切らないかは、あなたの判断に任せる。どのオプションを選んでも、ここがあなたのいるべき場所ではないというメッセージを取り除くことになる。だからこそ、あなたの結婚指輪を私のナイトスタンドに置いて、いつでも見えるようにしておかなければならない。これがあなたを救うことになる。こうすることで、あなたが私に夢中になるのを数時間ほどに抑えることができるのだ。

前戯について

あなたと妻のセックスは、手術と同じように、前もって準備するイベントなのだろう。甘い言葉をかけたり、褒めたり、マッサージを施したり、彼女をその気にさせるには、ロマンティックな仕草を要する。私にそんなものは必要ない。私はあなたのような男性の身体を借りて、自分の衝動と欲望を満たす。

性的妄想について

誰もがダークサイドを持っている。私と一緒に、あなたも自分の中の闇を探ってみればいい。私はあなたを批判したり、辱めたりするつもりはないし、もちろんあなたの秘密を口外するつもりもない。あなたがしたいことを受け入れられない場合、私はただ「ノー」と言い、二度とその話題に触れることはない。

ダークでない性的妄想があることも承知している。それらは、ただの妄想に過ぎない。批判もなければ辱めもないというルールが、ここでも適用される。あなたの嗜好を探るには、ロールプレイが有効なはず。あなたからリクエストがあれば、私のお気に入りプレイも紹介するつもり。

恋愛感情について

あなたのエゴが傷つくかもしれないけれど、立派なディックだけでは、私が本気になることはないと、先に伝えておきたい。あなたが私に本気になりかけたとしても、大丈夫。時が経てばそんな気持ちも収まるはず。

間違っても、私のために結婚生活を解消しようなんて思わないこと。離婚したければすればいいけれど、私を理由にしないで。あなたが独身になるのを、私が脇で待っているわけではないのだから。忘れないでほしい。私があなたを求める気持ちは、あなたの私に対する欲望と、あなたが禁断の存在であるという事実の上に成り立っているということを。恋するティーンエイジャーのようなふるまいで、私を興醒めさせないで。

注：私が本気になりかけたら、メッセージに返信するのを止めるので、あなたにも分かるでしょう。お互いにとって、それが最善のはず。

厳かな口調でこの手引き書を綴っているけれど、私はあなたのことが好きだし、あなたとファックするのが待ちきれない。あなたのことが好きでなければ、あなたのことを思って私のパンティが濡れないのなら、私たちはこんなことしていないでしょう。

帰宅時

あなたは心から満足して帰るはず。一緒にいる時はいつでも、これが最後の逢瀬であるかのように、私は全力で愛を交わす。あなたのような男性には意外な一面がたくさんあると、私も学ばせてもらった。

シャワーしてもいいし、しなくてもいい。持ち物をまとめて、忘れ物は決してしないように。結婚指輪をはめ直すこと。安定と安全が保障された場所に戻るまで、そのまま進み続けること。

エディ・
リヴァートが
やって来る時

WHEN
EDDIE LEVERT
COMES

「いよいよ今日ね」とママは言った。娘《ドーター》が朝食のトレイを持って部屋に入って来ると、ママは毎日そう言う。

「おはよう、ママ」。ドーターはママの化粧台の前にあるクッションつきの長椅子にトレイを置き、薄いカーテンから差し込む早朝の日の光に目を細めた。ママの化粧台には、何か月もほったらかしのパウダーや香水のボトルが所狭しと並んでいる。

ママは何も言わずにドーターの脇を通り過ぎた。洋服《シフォローブ》ダンスの引き出しを開け、紺と白のストライプ柄の半袖ブラウスを取り出す。そのブラウスを持ってベッドに向かい、ウエストにゴムが入った水色のコットンスカートの上に置くと、まるでアイロンをかけるかのように両手で双方の生地を伸ばす。彼女は顔をしかめた。

「私の美しいものたちは、どこに行ってしまったの?」彼女はドーター、部屋、宙に向かって問いかけた。「私が持っていた、美しいラップドレスやペンシルスカートは? 彼には最高の自分を見せたいの。今日、来てくれるんだから。綺麗なシアーブラウスにパンツスーツは? あなた、見かけなかった? クローゼットから移したの? 私のもの、盗んでるんじゃない?」

「いいえ、ママ」とドーターは言った。「どれもマーシャル・フィールズ・デパートの従業員割引で買ったのよ。あなたが私から取り上げる権利はないからね」

マーシャル・フィールズはもう廃業しているし、ママがそこに勤めていたのは八〇年代の話だが、ドーターは指摘しなかった。その代わり、食事ができるよう、ママを優しくベッドからリクライニングチェアに案内した。ママはまだ食欲旺盛だ。それはなかなか喜ばしいことだと、医師は言っていた。

ママはトーストにバターを塗り、卵にケチャップをかけながら話し続けた。ケチャップも卵も好きだけれど、この組み合わせは気持ち悪いと、ドーターはいつも思っていた。

「今日、彼が来るのよ」とママは食べながら言った。ケチャップが滴り落ち、ナイトガウンの白いリボンに水玉を作る。ドーターはこれに思いのほか苛立ち、洗濯機に入れる前にシミ抜き剤をつけなきゃと心に留める。気が短く、混沌から秩序を作り出そうとするドーターは、いかにもママの娘だった——今のママになる前のママ。ある意味、ドーターは今のママのほうが好きだった。心が忘却の中にいるママは、盗みを働いたと言いがかりをつける以外は、昔よりも優しい。それに、要求も単純だ。

ママはペーパータオルで口を拭いた。「美味しかった。ありがとう」と、ママはドーターのいる方角を向いて言った。

「どういたしまして、ママ」。この礼儀正しさにはまだ慣れない。ドーターはドアに向かった。今日最初の内見案内の時間が迫っていた。もうすぐ訪問看護師がやって来て、ママの世話を代わってくれる。

「このトレイ、すぐ取りに来てね」と、ママは後ろからドーターに呼びかけた。「支度しなくちゃ。そろそろ彼が来るから。彼が到着したら、必ず教えてちょうだい。分かった？」

もちろん分かっていたが、ドーターはママに背を向け、ドアノブに手をかけたまま、黙って立っていた。

「ちょっと、聞こえてる？」訴えかけるようなママの声。「待ちに待った日がやって来たのよ」

ドーターは部屋を出て、しっかりとドアを閉めた。

*

子どもの頃、学校が夏休みになると、ドーターは時々、自分の本当の名前をひとり呟いた。そうしないと、何か月も自分の名前を耳にすることはなかったからだ。学校の先生以外は、誰もがママに倣い、決して彼女を名前で呼ばなかった。いつだって「ドーター」だった。まるで彼女が、母との関係や、家族の中の役割においてのみ存在しているかのように。娘。家政婦。料理人。ベビーシッター。看護師。奴隷。そんな気分だった。「ドーター、これお願いできる？」、「ドーター、あれお願いできるかしら？」という言葉は、「あなたがこれをやりなさい」、「あなたがあれをやりなさい」という意味だった。疑問や不満を口にすれば、ひっぱたかれた。一方、兄弟のリコとブルースは与えられた名前で呼ばれ、好き放題していた。

大人になってからも、状況はさほど変わらなかった。変わったのは、ブルースが死んだことくらいだ。ドラッグだった。リコは妻子と街の反対側に住んでいた。リコは母と時間を過ごすことに無関心なようだったが、ドーターは一息つくために、ときどき彼の罪悪感を刺激しては、家に来させていた。

「なあ、『いよいよ今日ね』ってあれ、勘弁してくれよ」と、リコは初めてママからエディ・リヴァートの話を聞かされた時、ドーターに愚痴った。「あんなイカれた話、何度も聞いちゃいられねえよ」

「私は毎日聞いてるんだけど」とドーターは言い返した。「私と交代してみる？」

「誰かフルタイムで雇えばいいんじゃ――」

「あんたが親孝行すればいいんじゃない」

リコは腕を組んでため息をついた。四〇歳になってもまだ童顔で、いつも口を尖らせている。

「息子がここにいるのに、付添人を雇う必要はないでしょ」とドーターは言った。「確かにママは、完璧な母親じゃなかった。それでも、私たちの母親なんだよ」

「そういう説教はやめてくれ」とリコは言った。ドーターは、ママがリコの妻を良く思っていないことを知っていたし、リコの妻も義母を好いていなかったので、ママが孫たちと関わることもなかった。自分が家を出てからリコが空軍に入隊するまでの二年、そのあいだにリコがどんな思いで暮らしていたのか、ドーターが尋ねることはなかった。みんなそれぞれ、ブルースの死を悼んでいた。それでも、自分が家を出た後のリコと母の二人暮らしがどんなものであれ、自分が耐え忍んできた生活よりも辛かったとは、ドーターには思えなかった。ママは決して、リコにもブルースにも手を上げなかったのだから。

「分かった、もうお説教はしない」とドーターは言った。「でも……ママがエディ・リヴァートの話をしたいなら、させてあげて。誰も傷つけてはいないんだし」

少なくとも、昔のようには。

＊

「歩むべき道に応じて若者を訓練せよ。そうすれば年老いてからもそれることはない」〔箴言二二章六節〕と聖書は教えている。ママの場合、年を取って聖書の話はしなくなった。その代わり、エディ・リヴァートの到来という福音を説いた。ママが若い頃にファンだったグループ、オージェイズのリード・シンガーだ。

エディもママも南部出身で、子どもに先立たれている。子どもを持ったことのないドーターでさえ、それがとりわけ辛い経験であることは理解していた。おそらくママは、長年エディの人生とキャリアを追い続け、揺るぎない特別な絆を感じていたのだろう。

ドーターの家の地下室にある家族写真のアルバムの中に、ママがエディと撮ったポラロイド写真があった。七〇年代にオージェイズがこの街にやって来た時、ママはどういうわけかコンサート後の楽屋に入り（ドーターにその経緯が伝えられることはなかった）、写真を撮って、そこにサインをもらったのだ。写真の中のママは、胸元が大きく開いた、身体の線を強調する真っ赤なドレスを着ていた。赤味の入ったブラウンに染められた髪は、ホットコームで伸ばした後、ファラ・フォーセットのようにカールされていた。ふっくらとした鼻と唇がなければ、肌の色はさして違わないので、ファラ・フォーセットのそっくりさんで通っただろう。ママの色の白さに比べて、エディは色黒だ。大きな襟のついた白いスーツで、胸元を露わにしている。ママの細い腰に腕を回し、エディはカメラに向かって満面の笑みを浮かべていた。ママは彼を見つめて、にっこり微笑んでいた。子どもの頃、ドーターは時折アルバムを取り出しては、ママにも幸せな時代があったことを示すこの写真を眺めていた。

ドーターが一八歳で家を出たのは、ママの憂鬱が自分にも伝染《うつ》ることを恐れたのと、みんなのメイドでいることに疲れたからだ。とはいえ、家を出てからも、ドーターは完全に関係を断ち切ったわけではない。暴力や暴言はなくなり、傍から見れば、仲の良い母娘だと勘違いされてもおかしくなかった。

＊

ある金曜の夜、ドーターとママはキッチンのテーブルにつき、リコが来るのを待っていた。

ドーターは友人のトニーとディナーに出かけられるよう、リコの罪悪感を煽り、数時間だけ家に来てもらうことになっていた。高校から付き合いのあるトニーは、折に触れて家を訪れては、ドーターが必要としている家の世話（彼女自身の世話も含む）をしてくれていた。一年前、ママが二度目の脳卒中で倒れ、医師から血管性認知症と診断された後、ママの荷物をまとめ、ドーターの家への引っ越しを手伝ったのも、リコではなくトニーだった。

トニーが到着すると、ママは言った。「いよいよ今日なの。エディが来るのよ」

トニーはママに微笑みかけて言った。「そうですか、良かったですねえ！」

ママは顔を輝かせ、立ち上がってトニーに服を見せた。「シフォローブには、これしかなかったの」。彼女はドーターを睨んだが、ドーターは首を振るだけだ。「彼、気に入ってくれると思う？」

「もちろんです！」とトニーは答えた。「僕がもう少し若かったら、エディの恋敵になっていたのになあ」

「あらやだ」と、ママは顔を赤らめて言った。

「彼に会うのは本当に久しぶりなの」とママは言った。先細に整えられた爪の先でテーブルを軽く叩き、もう片方の手で頭を掻いている。ドーターはママをないがしろにしている気分になった。しばらくママをシャンプーとコンディショニングに連れて行っていない。明日の朝、サロンをやっている友人のタミーに電話して、ママに時間を取ってもらえるか確認しなければ。

リコが四五分遅れでようやく到着すると、ママは拍手して言った。「私の可愛い息子が来たわ！」

リコはママの頬にキスをしたが、エディが来るというママの言葉に呆れた顔をした。「どうしてママは、あんなに頭掻いてるんだ?」と、彼は凄むような責めるような声でドーターに尋ねた。「やめて」とドーターは鋭く囁くように答えると、ママのほうを向いた。「ママ、トニーと出かけてくるね。そのあいだは、リコがいてくれるから。じゃあ、また後で」

「分かったわ」とママは宙に向かって言った。それからトニーに言った。「楽しんでらっしゃい」

トニーの車の中で、ドーターは思い切り泣いた。トニーは彼女の背中をさすりながら、そのまま泣かせてやった。

鼻をすする程度まで落ち着くと、ドーターは言った。「ごめんね」

「どうして謝る?」とトニーは尋ねた。

「ええと……すべてが申し訳なくて。なんでこんなに泣いちゃったんだろう」

「君が世話してるのに、お母さんは君が誰かも分かってないからじゃないかな。それなのに、君が頼まなければ何の手伝いもしないリコがやって来ると、お母さんは彼に惜しみなく愛情を注ぐ。僕としては、君がここまで我慢できたことに驚いているよ」

ドーターはまた号泣した。トニーはエンジンをかけ、車を走らせた。「ディナーは後でもいい。ドライブしたいなら、そうしよう」

ドーターは頷いた。「家を出てからも、私はママを支えていた。ブルースが亡くなった後、子ども向けの教会、ガールスカウト、日曜学校と、彼女はあらゆることに身を投じていた。送り迎えが必要な時にはいつだって車を出したし、二週間に一度は買い出しにも連れて行った。クリスマスやイースター、感謝祭《サンクスギヴィング》には、彼女が一人にならないようにしていたのも私だし！　リコじゃない。今だって、私がママの世話をしている。あんなにも……子どもの頃に辛い思いをしたのに。過去を水に流そうとしているんだよ。私が彼女を支えていた。今だってそう。それなのに、ママにとって私は、ただの訪問看護師」

「エディ・リヴァートのことだって、私はリコみたいに冷たく反応しちゃダメだって気をつけてるのに、ママは私よりもあいつを気にかけてる！　毎日同じことの繰り返し。『彼は来ないよ！絶対に！』って、叫びたくなることもある」。ドーターはため息をついた。「それって、酷いこと？」

トニーは髭を撫でながら、首の凝りをほぐすように首を左右に傾けた。

「何？」ドーターは尋ねた。

「余計な口出しはしたくない……」

「いいから言ってみて」

「まず、君は休みを必要としている。こうやって一緒にディナーに行くって意味じゃない。本当の休暇だ。でも、それ以上に……」トニーはため息を漏らした。「なあ、君が子どもの頃に何があったのか、僕はすべてを知っているわけじゃない。でも、折り合いをつけなきゃ。もちろん、口で言うほど容易いことじゃないだろう。でも、何かしら方法を見つけなきゃいけないと思う」

ずっとそれしかしてこなかった。ドーターはそう思ったが、口には出さなかった。ママを怒らせない方法を見つけ、リコがママを煩わさない方法を見つけ、ママから逃れる方法を見つけ、ママの助けを借りずに自活する方法を見つけてきたのだ。低賃金の職を転々とした後、不動産仲介業者になり、自分には家の売買と不動産投資の才能があることに気づいた。そして今、ママの介護という二つ目の仕事を担っている。ドーターはそっと罵り言葉を呟いた。

「さっきも言ったけど、君が子どもの頃に何があったのか、僕はすべてを知っているわけじゃない……」とトニーは言った。

「後で話すね」とドーターは言った。「でも、まずはご飯に行こう。お腹すきすぎ」

*

ママは望ましい肌の色をした赤ん坊が生まれるまで出産を繰り返した、と近所の人たちに言われていた。第二子のドーターは、ブルースよりも色黒だった。ブルースの父親よりもドーターの父親のほうがライトスキンだったにもかかわらず。ママの第三子にして末っ子で、ある夏に街を訪れたプエルトリコ人のミュージシャンを父に持つリコことリカルドは、緑色の瞳と砂色の髪の毛、バターのような色の肌をした赤ん坊だったが、癖の強い髪、分厚い唇、幅の広い鼻のおかげで、白人には見えなかった。それでも、白人として通用することが大切だったわけではない。ドーターが状況を観察し、友人たちと話している時のママの発言から判断するに、大切なのは、リコがママと同じ肌の色をしていたことだった。ダークスキンの男が誰よりもセックス上手だと信じていたライトスキンのママだったが、その時ばかりは遺伝の博打に勝った。男をベッドに招き入れるたびに、彼女はＤＮＡのルーレットを回していた。しかしその後、あるイースターの日曜日、ママは神に救われた――信仰に目覚めるまで、ママと子どもたちが教会を訪れたのは、母の日、クリスマスイブ、イースターだけだった。母の日になると、ママは白い花（ブルース曰く「死んだ母の花」）をドレスにピンで留め、教会の前も後も一日中、寝室で泣きながら亡き母を偲んでいた。ドーターもブルースもリコも、祖母のことは何となくしか覚えていない。身なりの良い、白人に見える黒人女性で、結婚せずに子どもを産んだママを勘当していた。それでも三人が幼い頃には幾度か会いにやって来て、たくさんのおもちゃと、新札の二〇ドルを一人ずつに渡しながら、ママに対しては、神の意志に背いた生きかたをしていると辛辣な言葉を浴びせていた。子どもながらに、ドーターは母の日にママが流す涙を理解していた。たとえ傷つけられることがあったとしても、心はまだお母さんと繋がっているのだと。

ママが敬虔なクリスチャンになった時、子どもたちはその理由をきちんと分かってはいなかったけれど、ママが神に救われたことに喜びを感じていた。三人は一二歳、一〇歳、八歳で、牧師が祈る際にママを取り囲んだ信者の女性たちが、ある種の魔法をかけたのだと考えるのが精いっぱいだった。ママは祭壇への呼びかけのあいだ、泣きながら前に出たけれど、笑顔で礼拝を終えると、子どもたちを両腕で包み込み、抱き寄せながら家まで歩いた。ママのお母さんはその前年に急死していた――ドーターはママがどうみゃくりゅうという言葉を口にするのを耳にしていたが、それが何を意味するのかは知らなかった。また、ママが友人のミス・ラジーンに、お母さんが死ぬ前に神と和解したかった、と話しているのも聞いていた。

信仰に目覚めた者の熱情は、信仰に目覚めた者の子どもたちを困惑させる。ある土曜の夜には、ママが（まもなく「元」がつく）親友の夫の名前を叫んでいる声や、ママのベッドのヘッドボードが自分の寝室の壁にぶつかる音をかき消すために、家にある毛布をすべて頭から被っていたというのに、次の土曜の夜には、「カードゲームは、悪魔のものなんだよ！」と言いながら、子どもたちが遊んでいる最中に、使い古したトランプを取り上げるのだから。

　ドーターは一〇歳なりに考えた。「ジン・ラミー」は、「ジン」という言葉が入っているゲームだから悪魔のものなのだと納得できる。でも、兄や弟といつも楽しんでいる「ナックルズ」や「宣戦布告《アイ・デクレア・ウォー》」の何がいけないんだろう？

　ママＡＣ（アフター・チャーチ。信仰に目覚めたママをドーターは心の中でそう呼んでいた）には、カードゲームや男性の出入り禁止など、いくつかの変化があった。でも、変わらないこともあった。お気に入りのテレビドラマを見ている時に子どもたちがうるさいと、ブルースとリコには「口を閉じなさい」と言うのに、ドーターには「その黒い口を閉じなさい」と言うのは、相変わらずだった。

　それから、教会もエディ・リヴァートには敵わなかった。オージェイズはいまだにママのお気に入りグループで、エディ・リヴァートはその中でも一番のお気に入りメンバーだった。ママＢＣ（ビフォー・チャーチ）は、「エディ・リヴァートなら、いつでも、どこでも、何でも好きにさせてあげる！　分かった？」と女友達のミス・ナンシーやミス・ラジーンに息巻いては、みんなで笑い転げていた。

金曜の夜、デートやカードパーティがなければ、ママBCは夕食後にオージェイズのアルバムをかけていた。彼女は目を閉じてお尻をゆすり、音楽に合わせて歌った。ダンスのパートナーはKOOLの煙草とウイスキー・オン・ザ・ロックス。ジョニー・ウォーカーの赤ラベルが定番だった。

そんな金曜の夜は、リコがDJとしてママのためにレコードをかけ、ドーターはバーテンダーとして、ママから頼まれる前に氷や酒をグラスに追加した。それはまるで一人用のナイトクラブで、ママはラブソングにどっぷりと浸り、涙を流して夜を終えていた。ブルースはいつもどこかに出かけていたけれど、ママがソファで酔いつぶれた後、夜中に目を覚まして子どもたちの様子を確認し、身体を引きずってベッドに向かうまでのあいだを見計らい、家に忍び込んでいた。

三人がティーンエイジャーになると、マリファナを吸い、盗みを働き、クラップス〔サイコロゲーム〕で喧嘩をしていたのはブルースだった。それでも怒られるのはドーターで、ほんのたまに夜遊びすると、「外で恥さらしな真似してるんじゃないよ！」と怒られていた。

ママACもエディ・リヴァートと金曜の夜を過ごし、リコを退屈させないようドーターを頼った。煙草もウイスキーも手放した今、ママは教会でするように、自由に手を振りながら歌うことができた。一人だけのナイトクラブでも教会でも、ママはスピリットに突き動かされ、身体を揺らし、最後には泣き崩れるのだった。

しかし時が経つにつれ、ドーターはママの涙に喜びを見出すことができなくなった。ミス・ナンシーやミス・ラジーンといった女友達は、ママ曰く「世俗社会」に属していたため、ママは距離を置くようになり、やがて音信不通になった。イースターの日曜日、祭壇でママを取り囲んでいた教会の女性たちは、ママが新会員のクラスを終えると、電話をかけてこなくなった。彼女たちの仕事は終わった。三人の子どもを抱えた哀れな未婚の母を「生ける水」（教会用語で「キリスト」の意）へと導いたのだ。しかし、彼女を同類だとは思っていなかった。

教会もウイスキーもママを泣かせていたから、ドーターは大人になると、どちらにも関わりたくないと思った。

*

トニーと一緒にレッド・ロブスターから戻って来ると、ドーターはママの寝室の前で立ち止まり、このまま廊下を進んで自分の寝室に行くよう、トニーに合図した。彼女はドアを少し開け、ママの姿を確認した。薄い毛布をかけて丸くなり、軽くいびきをかいて寝ている。それからドーターはドアを閉め、まだ蟹の匂いがするはずだと、もう一度バスルームで手を洗った。

寝室に行くと、トニーはもう布団に入っていた。彼女は服を脱ぎ、彼の横に滑り込んだ。一〇年前、トニーが現れた時、二人は自然に、心地よく打ち解けた。当時の彼は三二歳で、二回の離婚を経て、孤独だった。ドーターは結婚や出産を考えたこともなく、常に自立していて、ひとりを好んだ。そんな彼女にも、必要なものはあった。トニーは彼女を笑わせ、知的な刺激を与えてくれる。ベッドの中でも気配り上手で、それに手先も器用だ。ドーターには、それだけで十分だった。

ドーターは今この瞬間を楽しもうと思った。トニーの隣で、自分の身体が生きているという実感に浸ろうとした。しかし、ついママのことを考えてしまう。いつだって、ママのことを。トニーはさらに彼女を強く抱き締め、テンポを上げた、彼女が心ここにあらずなことを察知したかのように。ヘッドボードが壁にぶつかり、ドーターは思い出した。ママBCはセックスの最中、子どもたちのことなど気にしていない様子だったことを。しかし、ママがイエス・キリストを見つけた時、ヘッドボードを叩く音は止んだ。

母は娘を育て、息子を愛す、という古いことわざがある。でも、子どもたちの他に、誰がママを愛してくれたのだろう？　教会と貞淑な生活に身を捧げたというのに、イエスを心に迎えた時に得られるはずの、あらゆる理解を超えた心の平安を、ママが手にしたことはなかった。聖書に約束されている、言いようのない喜び、あの喜びを味わうこともなかった。ママにあったのは、イエスの愛だ。その存在はあまりに儚すぎて、決して満足はできないだろうと、ドーターは推し量った。ママがベッドに連れ込んだ男たちよりも静かで受け身なのに、すべてを要求する恋人。

＊

翌日の朝食後、しばらく母の相手をしてほしいと、ドーターはトニーに頼んだ。

ヘアサロンに電話する代わりに、彼女はスーパー《ターゲット》へと走り、目に沁みないベビー用のシャンプーとコンディショナー、ママの髪を家で洗うために必要なものを買い揃えた。

トニーが帰った後、これから髪を洗ってあげるとドーターはママに話した。ママはまだ一人でシャワーも着替えもできるので、ドーターはプライバシーを尊重しようと、キッチンのシンクで髪を洗わせてもらってもいいかと尋ねた。

「ううん……どうだろう」とママは髪を撫でながら言った。彼女の髪はほとんどが白くなり、ファラ・フォーセットのような髪型ができるほどの量はなくなっていたけれど、それでも肩まで伸びていた。

「エディが気に入ってくれると思う？　今日来るって、分かっているわよね？」

「うん、ママ。分かってるよ」。ドーターは喉のつかえを飲み込んだ。「それにエディも、私にママの髪の毛をシンクで洗わせてやってくれって、思ってるんじゃないかな」

「ああ、それならいいわよ」

ちょうどいい温度のお湯を出すために、何度か試行錯誤した。ママがいつでも休んで顔を拭けるよう、ドーターはタオルをたくさん用意した。

シャンプーとコンディショニングが終わると、彼女はママを寝室に連れて行き、乾いたシャツに着替えさせた。それからドーターはママを化粧台の前に座らせ、後ろに立って髪をブローした。ママは鏡に向かって微笑んだ。

ドーターがママの髪を分け、それぞれのパーツにオイルを塗り、じっくりと頭皮をマッサージしているあいだ、ママはため息をついて身体を後ろに傾け、ドーターのお腹にもたれかかった。

「ねえ、ママ」とドーターが話し始めた。「遅くなるって、エディから電話があったよ」

「え、そんな！」とママは言った。

「でも、心配しないでって言ってた。私がいるから大丈夫だって。『ドーター、僕が着くまで、お母さんをよろしく頼んだぞ』って」

「ドーター？」

「そう、ママ。私のことよ。ドーター」

「エディは他に何て言ってた？」

「ええと……『そっちに向かっているって、彼女に伝えてくれ。それまでの世話は頼んだぞ』って。だから、『分かりました。申し伝えます』って答えておいた」

「あんたは昔から丁寧な子だったものね」とママは言うと、手を伸ばしてドーターの手を撫でた。

「ママ、私のこと、覚えてるの？」

彼女は手を伸ばし、ドーターの手を撫でた。

「当たり前じゃない！」

涙が込み上げてきたが、ドーターは微笑まずにはいられなかった。ママが本当に自分を覚えているかは分からない。それでも、覚えていると言ってくれただけで十分だった。

ドーターは頭皮のマッサージを続けた。「気持ちいい？」

「うーん」とママはうっとり答えると、それを何度も繰り返し、ハミングを始めた。ドーターの知らないメロディだ。

ドーターは鏡に映る二人を見た。ライトスキンとダークスキン、肌の色は違えど、丸い顔と大きな茶色い瞳はそっくりで、鏡の中のその目はドーターを見つめている。ママの頭皮は今でも青白かったが、肌の色は年々濃くなっていた。ママがまだ肌の色にこだわっていたならば、「それでもまだペーパーバッグ（茶色い紙袋）よりは薄いわよ」と自慢げに話していたかもしれない。

「ママ、ずっと昔の話だけど、私に辛く当たってたよね。本当に厳しかった。あの頃のこと、ママが覚えているか分からないけど。覚えていてほしいって気持ちもある。だって、私は忘れられないから。でも、もし覚えているのなら、謝ってほしい。少なくとも、過去の行いを認めてほしい……」

ママはハミングを続け、そしてこう言った。「たくさんの愛があるってエディは歌っていたけれど、私もそのうちの一人だったのよ」とママは胸を張った。「私。取るに足らない、何者でもない、この私が」。ママはひとり静かに笑った。「ずっと昔の話だけど、エディは私を愛してくれた。一晩だけ」

「ママは何者でもなくないよ」

「本当に？　それなら私は何者？」そのはっきりとした口調に、ドーターは驚いた。まるで別人が部屋に入ってきたかのようだった。

「ママは……私の欲しいものを与えてくれない人。でも、取るに足らない人なんかじゃない」

「そう？」

「そう」

ドーターはママの髪を一本のブレイドに編んだ。そして、新しいターコイズブルーのサンドレスをベッドの上に置いた。

「私は席を外すから、これに着替えて。後でランチ、持ってくるね」

「助かるわ」とママは言った。「エディが来るまでに、きちんと準備しておきたいの。今日は特別な日なんだから」

ドーターがママのランチトレイを持って戻ってくると、ママはリクライニングチェアに座り、サンドレスを撫でて微笑んでいた。「私、綺麗ね」と彼女は言った。

「うん、綺麗だよ」とドーターは応えた。トレイをママの膝に置く。

ママはサンドイッチが入った皿の横に置かれたポラロイドを手に取った。しばらく見つめた後、それを置いてサンドイッチに手をつけた。

ドーターは大きく息をつくと、用意していた曲を携帯電話で再生した。オージェイズの「Forever Mine」のイントロが部屋に響きわたると、ドーターは待ち構えた。微笑みでも何でも、ママが曲に気づいたというサインを。でも、何の反応もない。三番目のヴァースでエディが登場しても、自分がさっき歌詞を引用した曲だということに、ママは気づいていないようだった。曲は続いた。ママが聴いているのかすら、ドーターには分からなかった。ママはポラロイドに見向きもせず、サンドイッチとフルーツサラダを食べた。

しかしそれから、エディが別れたくないと恋人に懇願すると、ママは写真を手に取り、一緒に歌い始めた。力強く、はっきりとした声で。

謝辞

この短篇集は、長い年月と紆余曲折を経て形になった。ずっと傍にいてくれた皆さんに感謝している。愛情、友情、サポート、激励、アドバイス、食事、深夜の笑い、技術的な援助、フィードバック、ダンス休憩、そして私自身と私の物語に対する揺るぎなき信念に、ありがとう。クリス・アイヴィー、タイリース・コールマン、フラン&アラン・エドマンズ、リネイ・シムズ、バッシー・イクピ、フェイス・アディエレ、ロネエ・オニール、スタンリー・ラヴ・テイト、ジェイムズ・バーナード・ショート、ダイアナ・ヴェイガ、カライア・ウィリアムズ、ダニエル・エヴァンス、デイヴィッド・ヘインズとキンビリオ・センター・フォー・アフリカン・アメリカン・フィクションの皆さん、テレサ・フォーリー、アリーヤ・トーマス、メラニー・ディオン、アダム・スマイヤー、デマーキス・クラーク博士、デイモン・ヤング、チャニー・インフェンテ・ルイスマ、ダグ・アンソニー、トニー・バローズ、ウェイド・カーヴァー、クエイク・プレッチャー、イーエン・スポールディング、ハリー・ウィーヴァー三世、ダニエル・ヘンリー、アリソン・キニー、マーク・セケリア、マックスウェル・グラント牧師、ボマニ・ジョーンズ、マット・ジョンソン、アンバー・エドマンズ、レネル・キャリントン、トーヤ・スミス、セレステ・C・スミス、バーナデット・アダムス・デイヴィス、スワティ・クラーナ、メレディス・ドリスコル、キャロリン・エドガー、ローレンス・ワグナー、セイクー・キャンベル。

デレク・クリストフ、サラ・ジョージー、ジェレミー・ワング＝アイヴァーソン、サラ・マンロー、シャーロット・ヴェスターをはじめ、この短篇集を熱烈に支援し、大切にしてくれたウェスト・ヴァージニア大学出版局の皆さんに、大きな感謝を送ります。

長年の友人たちにもシャウトアウトを。タマラ・ウィンフリー・ハリス、ヨナ・ハーヴィー、タニーシャ・ナッシュ・レアド、レベッカ・ルソロ、ジニー・メイプルズ、イッサ・マス（私のセリー！）。私がここまで来られたのも、皆のおかげ。ありがとう、愛してる！

思慮深く私の作品を読んでくれる最高の応援団、親愛なる友人たち。ブライアン・ブルーム、アーシャ・ラージャン、アビア・ホーク、ミミ・ワトキンス、ジョージ・ケヴィン・ジョーダン、サマンサ・アービー、キエセ・レイモンにも深く感謝し、愛を捧げます。

デニス・ノリス二世、有意義な会話と友情とともに、この短篇集の最初の物語（「ユーラ」）をサポートし、出版してくれてありがとう。

本書所収の物語のいくつか（旧バージョン）を掲載してくれた「チート・リヴァー・レヴュー」、「ボルチモア・レヴュー」、「バレルハウス・マガジン」の編集者の皆さんにもお礼を伝えたい。

「イヴの自叙伝（Autobiography of Eve）」を生み出してくれたアンセル・エルキンスにも感謝を。この詩は宝物です。

数えきれないほどの贈り物、優しさ、励ましを与えてくれたヴァネッサ・ジャーマンに愛と感謝の言葉を送ります。あなたのおかげで、世界はより良くなっています。

ティファニー・デント博士、デション グ・ペリー、キャロリン・ストロング博士、ラターシャ・スターヴィエント博士、愛と笑いをありがとう。

この短篇集を最初に構想し、最後まで私を導いてくれた、非凡なる私のエージェント、ダニエル・チオッティにも感謝します。素晴らしいメンターかつ友人でいてくれるローラ・サボ＝コーエン、トニー・ノーマンにも謝意を表したい。二十余年って、本当に長い年月……。

私のシスター――ドネット、シャローン、ティファニー、フェリシア――私たちの物語は、始まったばかり。

忍耐強く、私を誇りに思ってくれているテイラーとペイトンにもありがとう。愛してるよ！

最後に、ずっと私を教会と日曜学校に通わせてくれた母とネイネイに心から感謝します。二人のこと、毎日恋しく思っています。

解　説

ハガルの娘たち

榎本空

『チャーチ・レディの秘密の生活』を読みながらすぐに思い起こしたのは、神やイエス・キリスト、信仰、教会などについてある種の必然性に押し出されるようにして書いてきた、ブラックの作家たちの作品だった。ジェイムズ・ボールドウィンはデビュー作の『山にのぼりて告げよ』でハーレムの教会での経験を内側から描き出したし、リチャード・ライトは『ネイティブ・サン』で獄中のビガーのもとに牧師を訪問させている。ネラ・ラーセンは『流砂にのまれて』という小説で、ハーレムでの奔放な生活の果てに南部に流着し、牧師夫人となる女性の物語を描いているし、アリス・ウォーカーは代表作の『カラー・パープル』の主人公に、敬虔な黒人で、のちに自らのさまざまな欲望に目覚めていくセリーという女性を据えた。こうして作家たちのリストはほとんど永遠と言っていいほどに続いていく。ゾラ・ニール・ハーストンも、マーガレット・ウォーカーも、アン・ペトリも、もちろんトニ・モリスンも。信仰はセックスと同じようにあまりに身近にありふれていたので、ブラックの作家たちはそれを書かずにはおれなかったのだ。

いずれも印象に深く残る、九つの短編からなるディーシャ・フィルヨーの『チャーチ・レディの秘密の生活』は、このようなブラックの作家たちの系譜と密接に連なっている。教会共同体やキリスト教、神、信仰をけっして手放しで礼賛することのない系譜だ。ブラック・チャーチがこのトラブルだらけの世界からの避けどころとなったのと同時に、この世という地獄から隔絶された天国ではないことを、かれらはよく知っていた。神とは「自分の創造物が振り回され、閉じ込められ、悲劇に巻き込まれるのを面白がっている、ひねくれた人形つかいなのだ」(「ピーチ・コブラー」六六頁)。フィルヨーがためらわずにこう書くように、いく人ものブラックの作家たちは同じように書いた。日曜日の聖者は、月曜日の俗者になる。ピーチ・コブラーを貪るぬらぬらとてかった唇、太いソーセージみたいな指、寝室から響く喘ぎ声、ヘッドボードが壁にぶつかる音。ディーシャ・フィルヨーが抑制的な乾いた筆致を駆使して描き出す月曜日は、鮮烈で、セクシュアルで、なまめかしく、テンダーでウィットに富み、とても熱く、重たい。

「ピーチ・コブラー」という短編で、毎週月曜日に母のもとを訪れる牧師を神として想像する娘は、だって神のイメージは「大きくて、黒くて、力強」いからと語る(四五頁)。そんな言葉は、たとえばアリス・ウォーカーが『カラー・パープル』で、喪失ばかりを経験してきた女性であるセリーに語らせた「大きくて、年取っていて、背が高くて、白髪で、白人なの」という神を否応なく思い起こさせる。『カラー・パープル』が一九八〇年代の初頭に発表されてから半世紀近くがたち、もはや神は白くはなくて黒であり、しかし未だ男だった。

教会に深くつながったブラックの母たちを旧約聖書の創世記に登場するハガルという女性に準《なぞら》えたのは、ブラックで、女性の神学者たちだった。『カラー・パープル』からほぼ十年後のことである。黒人男性の神学者たちがしてきたように神の色を問いただすだけでは十分ではないと、しかし既存のフェミニズムはあまりに白いと、アリス・ウォーカーを魂のシスターとする神学者らは独自の道を切り拓いていった。それまで等閑にされていた教会の母たちの経験を照射し、そこにハガルの姿を重ねた。キリスト教信仰の父とされるアブラハムの奴隷で、子がなかった彼の子を側女として産んだハガル。それからアブラハムと正妻のサラに約束の子が産まれると、ハガルは赤ん坊を抱えたまま家を追い出され、砂漠をさまよう。そんなハガルの物語は、奴隷制以来、代理母としての役割を強制され、自身のセクシュアリティが主人や男たちの所有物であった黒人の母たちの経験に他ならなかった。奴隷となるとは母を失うこと。母としてのあらゆるしるしを失うこと。そうして喪失だけが娘たちへと受け継がれていく。そこに積み重ねられるのは、モーセによって導かれる苦難からの解放ではなくて、最悪の日々を生きのびるという目につきにくいささやかで強靭な実践である。

そんな教会の母たちの経験を書いてきたブラックの作家の歴史を踏まえるなら、『チャーチ・レディの秘密の生活』はさしずめハガルの娘たちの物語であると言えるだろう。事実、ディーシャ・フィルヨーの短編集を先の系譜から際立たせているのは、それらが基本的には母ではなく、娘たちの視線を通して語られているということだと思う。生きのびることを強いられてきた女たちの娘たちは、またそれぞれに生きのびることを強いられている。それは彼女らの母親のそれと同じように目につきにくい、出来事未満の実践である。自分の欲望に目覚め、他の誰もがそうするように快楽を求めて、ホスピスの駐車場でセックスをして、男でも女でも愛したい人を愛して、秘密の関係に溺れて、結婚という筋書きの外側に生きようとして、でも傷つけられたくはないから新しい関係の前に尻込みして、痛い思いはしなくてもいいように、いずれすべてを解き放って。堕落したのではない。この世界に清廉潔白な聖者など一人もいないように、ハガルの娘たちもただ「もう息を止めているのに疲れた」(「物理学者との愛し合いかた」一一六頁)と、美しく生きようとするのだ。

年齢も境遇も指向もてんでばらばらな娘たちの九つの物語は、それぞれの娘たちの私的で内密な空間を濃密に描き出している。そのような内奥の空間は、ブラックの女たちが白人にも、主人にも、警官にも邪魔されることなく、自分自身へと近づくことのできる得難い空間であり、自分の肉体をあたかもそれが自分のものであるかのように扱うことのできる稀な空間である。完全に自由なわけではないが、一方的に抑圧されているわけでもなく、生きるということを実験できる空間。そんな空間において欲望を解き放つこと、身体をからませること、肌を湿らせること、相手を奪い奪われること、それらは単純に現実からの逃避でもなければ、贅沢品なのでもなく、呼吸をすることそのものからけっして切り離すことのできない必需品なのだと、『チャーチ・レディの秘密の生活』は雄弁に語る。「あなたであれ誰であれ、何十年も人肌を知らないまま生きることを、神が望んでいると思う?」(「ユーラ」一〇頁)

そしてそんな奥の、そのまた奥の方にある狭い空間には、もしかしたら男たちは入ってこないかもしれないが、白人は押し入ってこないかもしれないが、母（あるいは「ジャエル」の場合、それは曾祖母だったが）がどっしりと構えていて、彼女の信仰がある。ときに亡霊のように娘たちに取り憑き、ときに高い壁のように娘たちの前に立ちはだかって。チャーチ・レディの娘たちにとって母とは愛情であり、しかし常にそれ以上の複雑な何かを意味してきた。乗り越えられぬ規範、とてつもなく強く、あまりに無防備に見える存在、料理の隅々に宿る記憶、娘をいつまでも縛り続けるケアの行為。そんな母は何にも増してひとつの謎である。来るはずのないエディ・リヴァートを待ち続けて、あたかもイエス・キリストが再臨するかのように、復活の主が栄光に包まれて地上に降り立つかのように。母の献身はもどかしく、不可解、そして理不尽にすらうつる。「ママは……私の欲しいものを与えてくれない人。でも、取るに足らない人なんかじゃない」（「エディ・リバートがやって来る時」一八三頁）。そんな母と娘が近づいていく最後の数ページは、胸が詰まるような緊張感があって、物語を忘れ難いものとしている。

『チャーチ・レディの秘密の生活』は娘たちの物語であるのと同時に、娘と母の物語でもある。ディーシャ・フィリオーはきわめて親密な筆致において、ブラック・インテリアとでも言うべき黒人の内部空間の複雑さと可能性、壊れやすい美しさをみごとに描き出した。このような書き手が現れたことを喜びたいし、彼女が書くものをこれからも読んでみたいと思う。

最後に、この本を押野素子という最良の訳者の声を通して読めることを、わたしたちは深く噛み締めたい。

彼女たちの欲望、その名づけえぬもの

小澤英実

二〇二〇年の全米図書賞フィクション部門の最終候補作が発表されたとき、その五作のなかに本書が名を連ねていたのは、ちょっとしたサプライズだった。大学院の創作科出身でもない無名の作家が、小さな地方の大学出版局から出したはじめての小説。それがディーシャ・フィルヨーの『チャーチ・レディの秘密の生活』だ。

本書を手に取ったあなたは、チャーチ・レディと聞いてどんな人物を想像しただろう。「家庭の天使」さながら、敬虔に神に仕える貞淑な女性だろうか。アメリカでは、八〇年代後半からサタデー・ナイト・ライブに登場した"The Church Lady"という堅物モラリストの中年女性のキャラクターが人気を博した。男性コメディアンのダナ・カーヴィが地味でタイトなニットスーツに身を包み、お騒がせセレブたちを罪人やサタンとこきおろす。だが黒人教会におけるチャーチ・レディといえば、カラフルなつばの大きい帽子とスーツ姿で正装したファッショナブルな婦人たちがその代表格だ。奴隷制の時期に生まれた黒人教会の始まりから、女性たちはその精神的支柱を担ってきた。現在も構成員の七割から八割を女性が占めるにもかかわらず、リーダーは男性ばかりだとフィルヨーは言う。教会は奴隷制の時代から現在に至るまで黒人コミュニティにとってきわめて重要な宗教的・政治的・経済的基盤である一方、きわめて家父長的な制度でもあるのだ。

子どもの頃から教会や日曜学校に通い、聖書の勉強会に参加してきた女性たちは、グッド・ガールであれ、貞淑であれと叩き込まれて大人になる。いま教会に通っていなくとも、かつての自分や、周囲の誰かは必ず教会に結びついている。フィルヨー自身もそんな子ども時代を過ごしたひとりだ。母や祖母は教会に通っていなかったにもかかわらず教会に通わされた彼女は、教会の中では恭しく振る舞い、外に出た途端にたばこを吹かすような女性たちの変貌ぶりや、未婚の女性や未亡人たちが性欲をどう満たしているのかが不思議でならなかったという。そんな好奇心を出発点にして生まれた本書の九篇の物語には、教会という規範の内と外で、自分自身の真の姿や欲望や願いを見つけ出そうとする女性たちの人生の旅が描かれている。

そのチャーチ・レディたちの「秘密」とは、そう、まずはセックスだ。冒頭の物語「ユーラ」の二〇年来の女友だちであるキャロレッタとユーラは、理想の結婚相手を探しながら四〇代半ばに差し掛かるが、信心深いキリスト教徒のユーラは、キャロレッタと性的な関係をもってもなお綺麗《クリーン》な身体だと信じ込み、キャロレッタの想いに気づかない。キャロレッタは、ユーラの信じる神を「聖書を書いた男たちの言葉を、後の時代の男たちが解釈して」できたバージョンの神だと一蹴する（一〇頁）。男たちが作ったその神は、同性間の愛だけではなく、女たち自身の心と身体のつながりを分断させるのだ。

本作のほとんどの物語のなかで、男たちは不在か役たたずか疫病神だ。五人の異母姉妹を遺し、家庭を顧みずに死んだ「ディア・シスター」の父親（フィルヨーによれば、この作品がもっとも自伝的だという）。「エディ・リヴァートがやって来る時」のドーターは、兄弟が自由な人生を謳歌し、そんな息子たちを溺愛する母親のケアをひとりで背負いつづける。こうした男性像は、シングルマザーの母と祖母に育てられたというフィルヨー自身の生い立ちも影響しているのかもしれない。だが男性を欠いたその世界で際立つのは、身勝手な男たちへの呪詛ではなく、男たちと男たちが作り出した神によってルールを決められた世界で生きのびようとする、女たちの逞しさや生きづらさだ。それは教会の描き方についてもいえる。フィルヨーは、男性や教会を女性を抑圧するものと断罪するのではなく、女性や黒人コミュニティにとっての重要性を貶めることなく、女性の現状について考えさせるような物語を語る。男や教会が悪などという二項対立の罠にはけっしてはまらないのだ。

チャーチ・レディの生活にとって、障壁になるのは男たちばかりではない。「物理学者との愛し合いかた」はこの短篇集で唯一ハッピーエンド、かつまともな男性が登場する作品だが、その主人公ライラは、敬虔なチャーチ・レディの母親の言葉が足枷となり、豊満な自分の身体に対する恥の概念や性的欲望への罪悪感に苛まれている。ライラは自分の身体を「探究」し、自分を楽しませ、ありのままの自分を受け入れ愛せるようになってはじめて、エリックを受け入れられるようになる。祖母や母親といった上の世代の女たちは、自分自身が従ってきた因襲や伝統や「美徳」を娘に受け継がせ、キリスト教／家父長制の規律や規範の守り手に育てようとし、娘たちはそれに絡め取られ、自分の感情を抑圧し、息ができないでいる。キリスト教に深く関わる物語であっても、この短篇集が描く、女性がいかに自由で自分らしくいられるかという主題や、そこに至るための葛藤や感情はきわめて普遍的なものだ。そうでなければ、南部の黒人女性と教会についての短篇集がこれほどの成功を収めることはなかっただろう。

頼りになる男性がほぼ不在の世界で起きる物語を貫くもうひとつの大きな柱は、母と娘の関係だ。とくに、愛情を求めても与えてくれない母親をなお愛してやまない娘の想いは、作品を越えてこの短篇集全体に痛いほどあふれている。「ピーチ・コブラー」のシングルマザーの母親は、月曜日になると自宅を訪れる牧師にお手製のピーチ・コブラーを振る舞い、娘の目もはばからずセックスをする。娘はなかばネグレクト状態にあるといえるが、どんなにひどい母親であっても、娘は母親の愛情に飢えている。その飢えを癒やす手段として、娘は自分にはけして食べさせてくれないピーチ・コブラーを作る母をじっと観察し、材料と手順をすべて覚え、自分の手で再現できるまでにいたる。母と同一化したいという娘の欲望と、娘を自分と同一視し愛憎半ばする母親の複雑な関係を、ピーチ・コブラーという南部を象徴する——どことなく甘美でセクシュアルな——デザートにこめて描きだす筆致は、まったく見事というほかない。

「降雪」のリーリーとロンダは、ともに母親と絶縁しているが、和解の余地がないロンダと違い、故郷の南部に戻りたいと願うリーリーは、同性のパートナーと母親のどちらかを選ぶ岐路に立たされる。「ノット＝ダニエル」では、がんで死にゆく母親の看病をする者どうしとして知り合った男女が、つかの間のセックスに慰めを見いだす。だが、「私」にとってそのセックスは、母親の死をよりありありと想起させる体験になる。チャーチ・レディを語ることで母と娘の関係が浮かび上がる物語の流れは、当初フィルヨーが意図したことではなく、書いているうちにおのずとそうなっていたらしい。それは二〇〇五年にフィルヨーが母親を五二歳の若さで亡くしていることと無縁ではないだろう。だが教会に通う南部の黒人女性たちの物語が、母と娘の物語に結実していくことはある意味で必然かもしれない。教会が父なる神の言葉と教義を説くように、母親も娘にさまざまな教えを授ける。言葉や教義ではなく、その生／生活《ライフ》をとおしてだ。「ピーチ・コブラー」のオリヴィアが母親から覚えたピーチ・コブラーがまさしくそうだろう。食べものはセックスと並ぶ、大いなる快楽と罪の源泉だが、そのレシピは母から娘へと世代を超えて受け継がれる。娘たちが作る料理は、男たちをもてなすためにではなく、彼女たち自身を楽しませるために作られる。料理をつくるプロセスはそれじたいひとつの儀式だとフィルヨーは言うが、つまりはその儀式もまた、チャーチ・レディの秘密のひとつなのかもしれない。

フィルヨーの経歴は以下のとおり。一九七一年、フロリダ州ジャクソンビルに生まれ、イェール大学で経済学の学士号、マンハッタンビル・カレッジで教育の修士号を取得後、小学校教諭や大手銀行の広報などの職を転々としつつ、さまざまな媒体でフリーランスのライター・編集者として活動する。本書以前に刊行した本は、離婚した夫との共著*Co-Parenting 101: Helping Your Kids Thrive in Two Households After Divorce*のみ。実子や養子を継子をふくめ四人の子どもの母でもある。

本書は二〇二一年のPEN／フォークナー賞やストーリー賞をはじめさまざまな文学賞を受賞。女優のテッサ・トンプソンのプロデュースによるHBO MAXドラマシリーズも製作進行中。二〇二六年には、初の長篇*The True Confessions of First Lady Freeman*（メガチャーチの牧師の妻のスキャンダルをめぐる物語とのこと）と短篇集*Girl, Look*（本作が自身の娘としての経験に基づくものであるのに対し、こちらはより母としての経験に基づく作品集になるという）の刊行が予定されている。

ここまで本作について書いてきたが、強調しておきたいのは、本作の登場人物たちが結ぶ関係や抱く感情は、「同性愛」や「ヤングケアラー」「ネグレクト」といった言葉のカテゴライズではけっして捉えられないということだ。「ユーラ」や「降雪」に描かれる、女どうしの友情や母への愛とのあいだで揺れる複雑な感情。「既婚クリスチャン男性のための手引き書」で既婚男性にドライに指示を出す語り手が抑え込んでいるであろうさまざまな欲望。彼女たちのそうした愛や想いを手垢のついた言葉に押し込めてしまうことを、この短篇集でフィルヨーは徹底的に避けている。

言葉では掬いとることのできない感情を言語で表現しようとするのではなく、目の前の情景や事柄を描くことでその背後にあるものを際立たせる――それはあたかも、教会の静寂のなかになにが隠され、抑圧されているのかを見透かそうとするように。「ピーチ・コブラー」のニーリー牧師は、「雷が轟くような大声」で信徒に語りかけ、「演劇のような説教」をする。その大声と信徒たちの静寂のあいだに潜むさまざまな女たちの声を、この短篇集はそっと掬いとる。「ユーラ」の結末で、新年のカウントダウンがはじまるなか、ユーラとキャロレッタは、言葉にならないそれぞれの祈りを捧げる。「エディ・リヴァートがやって来る時」の母親の想いは、オージェイズの「Forever Mine」を歌う声のなかで聴くしかない。

聖書の言葉は神の言葉ではなく、「聖書を書いた男たちの言葉を、後の時代の男たちが解釈した言葉だ」（一一〇頁）とキャロレッタは言い、エリックは「多くのことが、翻訳と解釈にかかっている」（一一一頁）と言う。フィルヨーが小説を書くこと、そしてその物語を私たちが読むことは、まさにその実践であるだろう。フィルヨーの作品と読者がおこなっているのは、これまで語られてきたことを新たな翻訳と解釈で書き換え、そこにこれまで語られてこなかった女たちの声を聴き取ることなのだ。

主な参考資料

AmericanLibraryParis, "Deesha Philyaw on The Secret Lives of Church Ladies." *YouTube*. Web. 24 Feb. 2023. <https://www.youtube.com/watch?v=fbjCc62OT9o&t=219s>.

Norman, Tony. "Former Pittsburg author Deesha Philyaw sings two-book deal with Mariner." *Next Pittsburg*, Web. September 13, 2023. <https://nextpittsburgh.com/tony-norman/former-pittsburgh-author-deesha-philyaw-signs-7-figure-deal/>

Philyaw, Deesha and Dawnie Watson "The Impact of 'The Secret Life of Church Ladies,' Two Years Later." *Ursa*. Web. <https://ursastory.com/episode-14-secret-lives-of-church-ladies/>.

"The Sometime Messy Truth: Deesha Philyaw Interviews" *Mutha Magazine*. Web. April 21, 2015. <https://www.muthamagazine.com/2015/04/the-sometimes-messy-truth-deesha-philyaw-interviews-her-childrens-stepmom-about-adoption/>,

Viaud, Franchesca. "Ten Questions for Deesha Philyaw." *The Massachusetts Review*. Web. February 7, 2024. < https://www.massreview.org/node/11663 >.

[著者略歴]
ディーシャ・フィルヨー（Deesha Philyaw）
フロリダ州ジャクソンビル出身。イェール大学（経済学学士）卒業、マンハッタンビル・カレッジ（教育学修士）修了。コンサルティング会社社員、フリーランスライター、銀行の企業広報などを経て、デビュー短篇集となる本作を上梓。黒人女性のセクシュアリティや家族関係などをリアルに描いて高い評価を受け、PEN／フォークナー賞、ロサンゼルス・タイムズ文学賞（デビュー小説部門）を受賞。全米図書賞（小説部門）のファイナリストにも選出された。現在、本作のテレビドラマ化も進められている。

[訳者略歴]
押野素子（おしの もとこ）
東京都出身。青山学院国際政治学部国際政治学科、ハワード大学ジャーナリズム学部卒業。訳書に『ミルク・ブラッド・ヒート』（河出書房新社）、『フライデー・ブラック』（駒草出版）、『評伝モハメド・アリ――アメリカで最も憎まれたチャンピオン』（岩波書店）、『アフロフューチャリズム』（フィルム・アート社）、『プリンス回顧録』（DUブックス）、『MARCH（全3巻）』（岩波書店）、『私の名前を知って』（河出書房新社）など。ワシントンDC近郊在住。

[解説者略歴]
榎本 空（えのもと そら）
文筆家、翻訳家。沖縄県伊江島における戦争、土地闘争の歴史と現在について研究している。著書に『それで君の声はどこにあるんだ？』（岩波書店）、訳書にジェイムズ・H・コーン『誰にも言わないと言ったけれど』（新教出版社）、サイディヤ・ハートマン『母を失うこと――大西洋奴隷航路をたどる旅』（晶文社）。

小澤英実（おざわ えいみ）
東京学芸大学准教授。東京大学大学院総合文化研究科地域文化研究専攻単位取得退学。専門はアメリカ文学・文化研究。共著に『幽霊学入門』『現代批評理論のすべて』（新書館）、訳書にE・P・ジョーンズ『地図になかった世界』、共訳にR・ゲイ『むずかしい女たち』（河出書房新社）、C・M・マチャド『彼女の体とその他の断片』（エトセトラブックス）など。

チャーチ・レディの秘密の生活

2024年12月20日　第１版第１刷発行

著　者　ディーシャ・フィルヨー
訳　者　押《おし》　野《の》　素《もと》　子《こ》
発行者　井　村　寿　人

発行所　株式会社　勁《けい》　草《そう》　書　房
112-0005　東京都文京区水道2-1-1　振替　00150-2-175253
（編集）電話　03-3815-5277／FAX　03-3814-6968
（営業）電話　03-3814-6861／FAX　03-3814-6854
堀内印刷所・松岳社

ISBN978-4-326-85203-1　Printed in Japan

＊落丁本・乱丁本はお取替いたします。
ご感想・お問い合わせは小社ホームページから
お願いいたします。

https://www.keisoshobo.co.jp